LA FRACTURE

La photographie pour la couverture a été réalisée par Annie Fontaine.

La photographie pour le dos de la couverture a été réalisée par Pauline Houel.

Anne Menant

LA FRACTURE

Éditions Velours

Éditions Velours,
95, rue La Boétie – 75008 Paris

—

Texte intégral

ISBN 978-2-35167-303-4

À Hervé,
À Laura, Elise et Clémence,
Et à Gershwin sans qui ce livre n'aurait pas commencé.

La fracture

***Fracture**: n.f. (du latin frango, is, ere, fregi, fractum)* **1.** Action de forcer **2.** Rupture violente d'un os. **3.** *Fig.* Rupture au sein d'un groupe, entraînant une situation conflictuelle.

Petite, Anna M. rêvait d'être incarcérée. À l'époque, elle ne disait pas « incarcérée », elle ne connaissait pas le mot. Elle disait « en prison ».

Curieuse pensée pour une petite fille de huit ans. Grâce à la détention, pensait-elle, le monde extérieur ne la divertirait pas. Elle aurait tout le loisir de réfléchir à ce qui lui arrivait. Le temps lui paraissait comme un gant trop petit, incapable de contenir ses pensées. Dans une journée, il fallait anticiper, se défendre, être agréable aux autres et cela vous éloignait de vous-même. On n'avait jamais l'occasion de se retrouver seul avec soi. Il fallait toujours que les autres vous bousculent et interrompent vos réflexions.

Elle en voulait à ses parents de lui offrir trop d'opportunités de tentation : dès son retour de l'école, une tasse de chocolat fumant l'attendait devant la télévision allumée. Elle la dégustait dans le canapé en cuir du salon en écoutant les émissions pour la jeunesse. Ensuite, sa meilleure amie l'appelait et elles restaient pendues au téléphone pendant des heures. Dans ce contexte émollient, ses pensées n'arrivaient pas à se développer.

C'est pourquoi elle songeait à la prison. Il lui semblait qu'elle ne se sentirait pas à l'étroit dans une cellule et qu'au contraire, ce serait le lieu idéal pour aller au bout de l'introspection.

En grandissant, son souhait ne s'était pas émoussé. Devenue mère de trois jeunes enfants, elle passait son temps à réconforter, rassurer et arrondir les angles entre un mari peu psychologue et les adolescents irritables qu'ils étaient devenus. Quand ils l'appelaient à son secours, elle accourait. Comme elle avait à cœur de se montrer une bonne mère, elle s'efforçait de trouver les mots pour apaiser les uns et les autres.

Sa fille de seize ans, par exemple, avait usé cinq prétendants en trois mois. Elle s'inquiétait de sa propension à se lasser une fois l'objet de ses vœux conquis et redoutait d'être atteinte d'une incapacité chronique d'aimer. Anna lui dit qu'elle faisait l'expérience de la relation. Ce n'était pas toujours facile une relation et, pour qu'elle dure, il faudrait qu'elle apprenne à faire des compromis.

C'était un vrai travail de trouver les mots qui aident à vivre et elle s'en acquittait avec talent. Mais, là encore, les autres la détournaient d'elle-même et de ce chemin d'ombre souterrain qu'elle n'arrivait pas à explorer comme elle le voulait.

À quarante ans, l'idée d'un séjour en prison s'était éloignée. De temps en temps, elle parlait de faire une thalassothérapie ou une retraite spirituelle. C'était comme un écho étouffé de son désir de réclusion.

Celui-ci se réalisa enfin, contre toute attente, par un beau jour d'automne.

Alors qu'elle pédalait en compagnie de son chien sur une petite route de campagne, son compagnon à pattes, sans doute attiré par une odeur d'herbe à chien, lui barra brusquement le chemin et la fit tomber. Elle sentit son pied se tordre, poussa un hurlement de douleur, puis s'évanouit.

Lorsqu'elle reprit connaissance, elle gisait sur le talus sous l'œil bienveillant d'un pompier. Plusieurs hommes en uniforme s'activaient pour la soulever et la glisser sur une civière.

Elle fut transportée en ambulance jusqu'à l'hôpital de son secteur. Pendant le trajet, les pompiers lui parlaient pour qu'elle ne s'endorme pas.

Ce fut le début d'un voyage initiatique.

De la civière de l'ambulance, des mains expertes la firent basculer sur le lit roulant des urgences. Elle ne voyait plus que la lumière crue du plafond et des visages verdâtres penchés au-dessus d'elle, échangeant des regards.

La radiographie mit en évidence de multiples fractures déplacées aux articulations du pied. Il fut décidé de l'opérer le lendemain matin.

Elle passa la nuit à souffrir malgré les antalgiques en perfusion et la morphine.

Toutes les initiations commencent par la souffrance. Sans doute le prix à payer pour accéder au mystère.

On la mit dans une chambre à deux lits. À sa gauche, une vieille femme gisait, bouche ouverte, les bras couverts d'hématomes. Elle l'entendait râler dans l'ombre.

À six heures du matin, on lui administra un calmant en prévision de l'opération. Elle voyait le jour filtrer à travers les stores. Dehors, une nouvelle journée se préparait. Des gens iraient travailler. Ils échangeraient des paroles, auraient l'esprit occupé par ce qui les attendait. En bas, l'accueil de l'hôpital était encore fermé mais, d'ici peu, des files se formeraient. Les patients attendraient pour payer leurs consultations à la caisse ou prendre des rendez-vous. De son lit, Anna ne se sentait déjà plus concernée par l'agitation des humains. Elle pensa qu'il suffisait d'un rien pour passer de vie à trépas.

Elle revoyait les images d'avant l'accident : le poudroiement de la route, la douce lumière de cette fin d'automne, les gambades de son chien et, sans qu'elle sache vraiment pourquoi, elle se disait qu'elles appartenaient à un monde révolu. C'était idiot puisqu'elle rentrerait chez elle un jour ou l'autre. Mais, rien à faire, elle n'arrivait pas à se débarrasser du sentiment que rien désormais ne serait plus comme avant.

Des infirmières passèrent lui couper les ongles des pieds et nettoyer ses orteils à la bétadine pour introduire le moins de microbes possible dans le bloc opératoire.

L'intervention aurait lieu en fin de matinée. Elle devrait attendre des heures dans son lit. Au début, son esprit s'affola de cette vacuité, puis il lui fallut apprendre à se résigner à l'absence d'événements. Et elle n'en était qu'au début. Elle pouvait se consoler en se disant qu'elle ne ferait qu'une brève incursion dans cette brèche ouverte sur la durée. Mais, dès ce matin qui précédait son opération, elle se mit à considérer le cours du temps en spectatrice et cette posture changea radicalement sa vie.

Deux brancardiers vinrent la chercher. Nouvelle entreprise délicate de transvasement de son grabat à un lit à roulettes. Sensation d'être dépossédée de son corps. Long défilement de plafonds. Après coup, elle comprit qu'elle était dans un ascenseur.

Les visages fermés des brancardiers ne la rassuraient pas. L'ascenseur s'arrêta au deuxième sous-sol. Plafond. Couloir. Entrée dans une salle aux murs roses. Visages au-dessus d'elle désormais munis d'un masque. Yeux clairs d'une infirmière anesthésiste. On aurait dit qu'elle mâchait un chewing-gum. Anna s'étonna que ce fût possible dans un bloc opératoire.

Le chirurgien arriva en finissant d'enfiler sa manche de blouse, exposa les radios de son pied à la lumière. Il crut bon de faire de l'humour et dit : « Alors, on fait exprès de se casser le pied un samedi ? Bon, allez, je vais essayer de reconstituer le puzzle ! » Puis elle entendit une voix dire : « Je vais vous endormir ». Ensuite ce fut la lente montée du sommeil dans ses veines.

À son réveil, sa première vision fut celle de la grosse horloge du bloc qui marquait treize heures trente. L'endormissement avait duré deux heures. Anna vit les yeux d'aigue-marine de l'infirmière mâcheuse de chewing-gum posés sur elle. « Vous pouvez vous réveiller. Tout va bien. L'opération s'est bien passée. » Elle était dans cette phase où la tête, encore lourde, essaie de se lever mais retombe aussitôt.

Elle fut glissée à nouveau sur le lit à roulettes puis emmenée à sa chambre située au deuxième étage.

À son arrivée, elle constata que sa voisine de lit était réveillée. Ses yeux grands ouverts fixaient le plafond.

Les brancardiers partirent et elle se retrouva seule avec elle dans le silence de la chambre.

Sur une tablette en formica accrochée à son lit était installé un plateau sur lequel reposait une cloche en inox. La dame ne l'avait pas soulevée. Visiblement, elle ne souhaitait pas découvrir ce qu'il y avait en dessous.

Dans la vie ordinaire, il est d'usage de combler le silence dès que nous sommes en présence d'un autre être humain en pratiquant un exercice que l'on nomme « conversation ».

Celle-ci se limite le plus souvent à un bavardage stérile car il s'agit avant tout d'écarter le silence et d'éviter une vraie rencontre.

Dans sa nouvelle vie – sa vie d'après l'accident – Anna commença par apprendre à accepter le silence, même celui qui avant l'aurait gênée, celui qui s'installe en présence d'un inconnu.

Une demi-heure environ s'écoula sans qu'elles échangent un mot. On entendait de temps à autre les sonnettes électriques des malades qui appelaient le poste infirmier. Du couloir parvenaient les voix trop fortes des infirmières et le contenu de leurs propos qui transpirait l'aversion pour leur travail :

« Quoi ? T'es là depuis six mois et t'en as déjà assez ? », « Oh ! La 204, ça fait six fois qu'elle appelle ! Non mais moi après je viens plus ! », « On a eu un été pourri ! J'ai pas l'impression de revenir de vacances ! Avec Adeline qui est en congé, on a deux fois plus de travail ! », « Faudra bien qu'ils comprennent qu'on peut pas être partout en même temps ! Moi, quand ils râlent, je te jure, j'ai envie de les laisser et de tout plaquer ! » C'était le genre de phrases qu'elles entendaient. Sans souci des patients, les infirmières les prononçaient à voix haute afin de bien faire comprendre le degré de saturation auquel elles étaient parvenues.

Hors la lisière de la chambre lui parvenait l'écume des rancœurs humaines tandis qu'à l'intérieur de la pièce, le silence l'invitait à la profondeur.

Deux infirmières entrèrent pour débarrasser sa voisine de son plateau-repas. Celle-ci n'avait toujours pas cessé de fixer le plafond.

« Alors ? On n'a pas faim ? Faut manger, ma petite dame ! Sinon, vous n'allez pas vous remettre ! », lui hurla une infirmière dans le creux de l'oreille. Mais elle ne cilla pas.

Anna leur demanda de fermer la porte derrière elles en partant, ce à quoi elles répondirent sur un ton qui pouvait être interprété comme une marque d'exaspération ou d'extrême bonne volonté :

– Ce sera fait !

Dès qu'elles furent parties, sa voisine, sans cesser de regarder le plafond, grommela :

– Si elles ne sont pas contentes, elles n'ont qu'à faire un autre métier.

Était-ce une invitation au dialogue ? Anna ne lui répondit pas car la dame n'avait pas tourné la tête vers elle. Il s'agissait peut-être d'une remarque qu'elle se faisait à elle-même. De plus, l'effet de l'anesthésique l'engourdissait et puis, elle n'avait pas envie de montrer qu'elle approuvait des platitudes. Elle ambitionnait – et peut-être était-ce là le signe de son entrée dans une nouvelle vie – une vraie conversation.

Conversation… C'était un mot tellement beau ! Si proche de conversion !

Elle qui avait étudié le latin et avait toujours aimé connaître l'étymologie des mots, elle se souvenait qu'en latin, les mots de *conversatio* et de *conversio* avaient un noyau commun, le verbe *vertere*, « se tourner vers ».

Dans sa nouvelle vie, parler avec quelqu'un voudrait dire savoir se quitter soi-même avant de recevoir l'autre. Parler avec quelqu'un, ce serait se tourner vers lui.

Sa voisine, cette fois, s'adressait à elle.

– Vous avez vu ce qu'il y avait à manger ? Des pommes de terre à l'eau et des carottes sans goût. Ils nous prennent pour qui ? On n'est pas au régime !

Anna *se tourna vers* elle.

– Vous n'avez pas aimé ce qu'ils vous ont servi ?

– Je pense que même mon chien n'en aurait pas voulu !

– Ça n'avait pas l'air très appétissant en effet.

C'était un échange rudimentaire mais Anna sentait que, si elle continuait à se tourner vers sa compagne, elle partagerait avec elle, au fil des jours, une vraie conversation.

Un temps s'écoula. Les infirmières parties, le plateau emporté, elles restèrent silencieuses.

Aucune des deux n'éprouva le besoin de parler davantage.

Anna regarda par la fenêtre. Elle voyait des toits qui s'échelonnaient, des cheminées et deux clochers d'église au loin. Des nuages traversaient le ciel gris en longues zébrures effilochées.

Elle n'aurait su dire combien de temps s'écoula jusqu'à ce que le soleil disparaisse derrière les toits.

– Il fait moins beau qu'hier, dit la dame, sur un ton méditatif.

C'était vrai, pensa Anna. Hier appartenait encore au monde de la lumière dorée, des joyeux pédalages et de la poudre de soleil dans les cheveux.

Hier appartenait au monde d'avant.

Les infirmières réapparurent. Ce n'étaient pas les mêmes. Il y avait celles du matin et celles de l'après-midi.

– Bonjour ! Qu'est-ce que vous désirez goûter ? Vous désirez du thé ? du café ? du chocolat ?

Anna n'aimait pas qu'on lui demande ce qu'elle désirait, surtout quand on le lui demandait à plusieurs reprises. Cette insistance lui rappelait celle des commerçants qui prétendent connaître vos goûts mieux que vous et s'irritent de votre indécision.

Dans sa nouvelle vie, Anna serait un être de non désir et l'afficherait.

– Rien du tout, merci, répondit-elle.

– Vous savez que vous pouvez manger maintenant.

– Oui, je vous remercie, mais je n'ai envie de rien.

Les infirmières parurent déçues et agacées par son refus de manger. Sa voisine opposait une résistance identique, ce qui provoqua leur colère et leur fit débarrasser les plateaux en soupirant.

À nouveau, les minutes s'écoulaient sans qu'Anna et sa voisine se forcent à parler. Anna apprit à accepter cette présence silencieuse. Dans le calme de la chambre, les manifestations corporelles prenaient une grande importance : chacune devait subir ses propres douleurs, mais aussi des odeurs, des gargouillis et des flatulences qui, n'étant pas les siens, auraient normalement dû être plus durs à supporter.

Mais Anna se laissait envelopper sans répugnance par cette fétidité : elle lui évoquait une régression aux tout premiers stades de la vie et elle considéra que c'était peut-être une étape de son rituel initiatique. Peut-être lui fallait-il vivre cette étape avant de renaître à elle-même.

Le fait qu'elle partageât sa condition avec une autre femme la confirmait dans cette conviction : sa renaissance était inscrite sous le signe de l'autre. Elle se souvenait avoir lu que, pour les premiers hommes vivant en Amazonie, la forme du corps dépendait de la relation particulière qu'on entretenait avec l'autre. Avait un corps humain celui qui mangeait et vivait comme soi.

Sa voisine – dont elle avait appris qu'elle s'appelait Madeleine – partageait avec elle un corps meurtri, souffrant, malodorant. Un corps à l'image du sien. À n'en pas douter, elle était une humaine, comme elle. Les infirmières, qui rentraient dans leur chambre de manière intempestive, violaient leur territoire. Anna décida qu'elles n'avaient pas de corps humain.

Dans sa nouvelle vie, elle apprit à voir que certains possédaient un corps humain et que d'autres en étaient dépourvus.

Madeleine et elle montraient la même force d'inertie à l'approche des infirmières : Anna faisait exprès d'envahir son lit de livres, de feuilles, de paires de lunettes, de crayons et d'objets destinés à la toilette depuis que l'une d'elles, à la carrure de guerrière teutonne, avait jeté un regard circulaire sur la chambre en lançant : « C'est le bazar ici ! ».

Dès qu'elles étaient parties, Madeleine les singeait en prononçant leurs paroles infantilisantes sur le ton d'une demeurée : « Alors, on a mouillé son lit aujourd'hui ? », « Comment ça va la douleur ? », « Vous voulez le bassin ou vous préférez l'urinoir ? »

Des vengeances sournoises se fomentèrent dans le secret du poste infirmier. Un jour, Madeleine accusa une infirmière d'avoir causé l'inondation de son lit en positionnant mal son urinoir. Depuis, l'infirmière la faisait rouler sans ménagement sur le côté chaque fois qu'elle refaisait son lit.

Une autre fois, Anna, excédée qu'on la réveille en plein sommeil, s'était permis de soupirer. Dès lors, on la réveilla plus fréquemment, sans mobile, et en accompagnant ces incursions dans la chambre de commentaires cinglants.

Ces guerres permanentes contre les infirmières avaient rendu Anna et Madeleine solidaires. Elles se racontaient chaque jour un peu plus mais pouvaient aussi rester allongées côte à côte de longues heures sans rien se dire. Leur silence était rempli de leur complicité. Il n'avait pas forcément besoin d'être comblé par des mots.

Le souffle régulier de Madeleine à ses côtés rassurait Anna. Elle trouvait dans sa présence une sorte d'apaisement. Parfois, elles n'échangeaient qu'un simple commentaire sur un nuage ou une inquiétude sur la pluie qui allait tomber. Entre elles deux, il n'y avait pas de comptes à rendre. Pas de besoin de briller. Pas de peur de ne pas être à la hauteur. Toutes les appréhensions qui sous-tendent habituellement les relations n'existaient pas.

Chaque jour, le compagnon de Madeleine venait lui tenir compagnie après son travail. La première fois qu'elle le vit, Anna eut un choc : un motard vêtu de cuir, casque sous le bras, était entré en trombe dans la chambre et, sans un coup d'œil vers elle, s'était rué vers le lit de Madeleine. On aurait pu croire qu'il s'agissait de son petit-fils s'il ne l'avait embrassée dans un élan impétueux, renversant au passage le verre d'eau posé sur sa table. Ensuite, il s'était mis à l'aise, avait ôté sa combinaison sous l'œil médusé des infirmières. Sur son avant-bras gauche, un serpent tatoué s'enroulait autour d'un grand M. Jamais Anna n'aurait pu imaginer que la vieille grabataire geignarde arrivée quelques jours plus tôt dans sa chambre avait un fiancé aussi décoiffant.

Il n'y avait pas un jour sans qu'il lui apporte une marque d'attention : bouquet de fleurs, boîte de chocolats, bouteille de son parfum préféré. Il s'asseyait à ses côtés et la dévorait des yeux. Il lui demandait comment s'était passée sa journée, puis il lui donnait des nouvelles de la maison. Il lui parlait des fleurs du jardin, des poivrons qu'il n'avait pas fini d'épépiner, de la chouchouka qu'il lui préparait et du chien qui se morfondait parce qu'elle n'était pas là. Quand l'heure du plateau-repas arrivait, il installait des oreillers sous son dos. Madeleine, les joues roses, trônait comme une reine. Puis il se levait pour hacher menu sa viande.

Elle raconta à son compagnon leur résistance commune contre les infirmières, en lançant des clins d'œil complices à Anna.

Le matin, son ami passait parfois à l'improviste lui faire sa toilette. Avec un gant tiède, il savonnait délicatement ses jambes grêles et bleuies par les hématomes et les frottait avec énergie et douceur. Puis il soulevait ses avant-bras dont la peau fine et ridée pendait et les caressait longuement. Il délaçait ensuite le nœud de sa camisole d'hôpital, glissant au passage un baiser sur son cou, avant de laisser errer le gant sur sa poitrine maigre. Il remplissait cette mission avec le plus grand sérieux. Anna imaginait qu'il devait faire preuve de la même délicatesse devant le moteur de sa cylindrée et voir ce jeune homme en pleine force de l'âge se mettre en quatre pour la femme que des dizaines d'années séparaient pourtant de lui la touchait.

Laurent, le mari d'Anna, était passé une fois la voir, en coup de vent. La rareté de ses visites s'expliquait : son poste de directeur des ressources humaines dans un grand groupe de produits laitiers l'occupait à plein temps. Il n'était pas facile de s'absenter quand on avait des responsabilités. Elle le revoyait, assis sur sa chaise, le pied tapotant le sol et, devant l'expression de son impatience, elle l'encouragea à ne plus venir la voir.

Le lendemain de son intervention, ses enfants avaient défilé en rangs d'oignons devant son lit. Pas un seul d'entre eux ne lui avait demandé comment elle se sentait ni quand elle reviendrait à la maison. Au bout de quelques minutes, son fils était rivé sur sa console de jeux tandis que ses filles se donnaient en spectacle, s'accusant mutuellement de ne pas sortir le chien et de ne pas débarrasser la table.

Anna se rendit vite compte qu'elle ne pourrait entamer une vraie *conversation* avec eux. En revanche, quelque chose lui disait qu'avec ses voisins de lit, elle pourrait vivre un véritable échange. Elle avait envie d'en apprendre sur eux. Peut-être leur histoire la renseignerait-elle sur elle-même.

Très vite, elle dit à son mari et à ses enfants que ce n'était plus la peine qu'ils viennent la voir à l'hôpital.

Un après-midi, Madeleine lui parla de sa rencontre avec celui qu'elle appelait Jeannot. C'était il y a neuf ans de cela. Elle sortait d'une période noire. Son mari, qu'elle adorait, était mort deux ans auparavant d'un cancer généralisé et, trois mois plus tard, on diagnostiquait chez sa mère la maladie d'Alzheimer. Madeleine l'avait prise chez elle, et avait consacré beaucoup de son temps à stimuler sa mémoire. Elle lui montrait des albums photos, faisait sa toilette le matin, l'habillait, la faisait remonter dans sa chambre plusieurs fois en pleine nuit, surveillait que le gaz était bien fermé après son passage.

Quand sa mère ne la reconnut plus et ne put séjourner davantage chez elle sans risquer d'y mettre le feu, Madeleine se décida à la placer dans une résidence médicalisée. Elle allait la voir tous les jours.

C'est à cette époque que sa fille unique fut quittée par son mari. C'était un militaire. Il avait épousé sa fille en grand uniforme. C'était Madeleine qui leur avait offert la réception dans un château avec arrivée des mariés en limousine, cascade de champagne et disc-jockey professionnel. Elle s'en souvenait comme si c'était hier.

Deux petites filles étaient nées. Madeleine les gardait lorsque son gendre partait en mission.

Quand il revenait, il leur parlait de ces coopérants qui cédaient aux charmes de l'exotisme : en mission, leur disait-il, ces Français inexpérimentés se mettaient à dîner tard sur les terrasses, à boire des alcools locaux, à sortir en boîtes de nuit, finissant par oublier qu'ils étaient mariés et qu'ils avaient des enfants.

Madeleine écoutait son gendre et se demandait combien de temps l'embonpoint accueillant de sa fille rivaliserait avec un corps d'ébène aux formes sculpturales. De son côté, sa fille voyait ces bouches généreuses, ces corps parfaits, ces créatures obligeantes et dociles rôder autour de son mari et trouvait sa résistance héroïque.

Un matin qu'il revenait d'une de ces missions, il lui annonça qu'il voulait divorcer. Il ne lui parla pas d'une autre femme, ne donna aucune explication mais Madeleine et sa fille se doutèrent que, comme les autres, il avait succombé à la tentation.

Un jour, saturée de porter ces destins brisés sur ses épaules, Madeleine eut envie de s'en délester. Timidement, elle osa pénétrer dans un endroit où elle ne s'était pas rendue depuis la mort de son mari : le garage. Il faut dire qu'il renfermait ce que son homme considérait comme son bijou : sa moto, une 750 Kawasaki. La machine était couverte d'une bâche. Elle la souleva en tremblant. Enhardie par son geste, elle alla chercher la clé et fit démarrer le moteur. Son vrombissement sourd et régulier ressuscita d'un coup ses années de bonheur. Elle revoyait son mari, les mains pleines de cambouis, penché sur sa machine puis levant vers elle des yeux brillants d'amour.

Dans les premiers temps de leur mariage, il l'avait incitée à passer le permis moto pour partager avec elle la griserie de la vitesse. Depuis sa mort, bien qu'elle ne fût pas remontée dessus, elle ne se décidait pas à la vendre. Rien ne l'en empêchait que le souvenir de son mari. Ce jour-là, elle eut envie de la sortir du garage.

Dehors, elle fit tourner les poignées cannelées sous ses paumes. Elle sentait une force nouvelle. Le vent lui fouettait le visage. Elle gonfla ses poumons pour s'enivrer de l'odeur d'herbe coupée.

Au début, elle ne roula que sur de petites routes de campagne puis elle s'aventura de plus en plus loin : à Forges-les-Eaux pour son casino, à Dieppe pour ses maisons Belle Époque, à Trouville, pour le gris de la mer.

Arrivée à destination, elle foulait le sable, respirait l'air iodé, mangeait des fruits de mer et regardait jusqu'à la tombée du soir la rade noyée de brouillard.

Elle apprit qu'à quelques kilomètres de chez elle, des propriétaires de Harley Davidson venus des quatre coins de France se réunissaient chaque semaine sur la route des crêtes au-dessus de La Roche-Guyon. Un samedi, elle décida d'aller voir. Sur un carré d'herbe qui surplombait la Seine, un groupe de motards écoutait les histoires d'un gaillard barbu et hâbleur, tout en mangeant des sandwiches. Elle gara sa moto et leur demanda si elle pourrait les suivre. Ils acceptèrent et, rapidement, oublièrent sa présence. Elle écouta à son tour celui qui les captivait tant. C'était Jeannot. Si les autres l'avaient oubliée, Jeannot, lui, surveillait du coin de l'œil cette petite bonne femme en combinaison de cuir. Quand le groupe s'arrêta plus tard pour boire dans une guinguette, il s'avança et se présenta à elle.

Ils prirent l'habitude de se donner rendez-vous tous les samedis, d'abord en groupe puis seulement tous les deux. Son accent de titi parisien amusait Madeleine. Lui aussi avait eu son lot de malheurs. Sa petite sœur était née infirme. Il avait acheté un side-car spécialement pour elle et venait la chercher dans son centre spécialisé pour l'entraîner dans des virées en bord de Seine.

Un jour, il proposa à Madeleine qu'elle laisse sa moto et monte derrière lui. Elle accepta et se laissa conduire. Il constata qu'elle épousait les virages avec grâce et elle ne lui en plut que davantage. Bientôt, il vint la chercher en semaine, puis tous les jours : tantôt ils se suivaient en moto, tantôt elle montait derrière lui. Comme elle avait une maison avec un jardin, Jeannot s'installa chez elle.

Il lui planta des lignes de haricots, de pommes de terre et de tomates. L'hiver, il lui coupait des bûches pour le feu. Tous les soirs, elle trouvait la table mise et un repas digne d'un grand chef car il adorait faire la cuisine. Elle n'osait pas lui avouer son âge mais c'est lui qui aborda le sujet avec délicatesse :

– Tu sais, tout ce que les gens pourront dire sur notre différence d'âge, je m'en fiche royalement ! Quoi qu'il arrive, tu seras toujours ma princesse !

Derrière les vitres de la chambre, le soleil déclinait. Anna avait écouté Madeleine.

En même temps qu'elle lui parlait, elle sentait le cuir de la selle sous ses fesses, la chaleur de la machine sous ses mollets et elle avait rosi comme une jeune fille quand Jeannot avait repéré Madeleine. Son histoire la touchait tellement qu'elle l'avait faite sienne.

Anna était devenue Madeleine.

Au bout de quatre jours, le chirurgien passa dans leur chambre et déclara qu'Anna pouvait rentrer chez elle le soir même. Quant à Madeleine, si son compagnon avait la possibilité de lui préparer ses repas et de lui faire sa toilette, elle pourrait envisager de sortir prochainement.

Le soir, des ambulanciers vinrent chercher Anna. Les deux femmes échangèrent leurs adresses, se promettant de se voir dès qu'elles seraient sur pied. Anna prit note de l'itinéraire pour venir chez Madeleine. Sa maison, lui dit Madeleine, était située juste dans un virage à la sortie des Andelys, entre la Seine et la falaise. Juchée sur des béquilles, Anna lui dit au revoir.

Une demi-heure après, le portail de sa maison s'ouvrait pour laisser entrer l'ambulance.

Son mari, son chien, son fils et ses filles l'attendaient tout sourire dans la cour. Cela dura exactement trente secondes. Rapidement, la situation redevint normale, c'est-à-dire détestable : ses enfants s'étripaient pendant que son mari était déjà reparti vers la maison.

– Tu sais quoi, maman ? j'ai eu quatorze en anglais à la dernière interro !

– C'est nul, quatorze ! Moi, en troisième j'avais dix-huit à toutes les interros !

– Oui, c'est ça, casse-moi comme d'habitude ! Maman, Louise, elle passe son temps à me casser !

– Maman, je me suis fait racketter. Regarde, mon arcade sourcilière, tu as vu ma cicatrice ?

– Mais non, il ne s'est pas fait racketter, il s'est pris une raquette dans l'arcade sourcilière !

Qu'aurait-elle fait avant, devant cette avalanche de plaintes ? Probablement temporisé, sécurisé, consolé, sévi, valorisé. Mais, à cette minute, une telle démultiplication était au-dessus de ses forces.

Tandis qu'ils continuaient et que son mari, étrangement, s'était éclipsé, l'image de Madeleine et de Jeannot chevauchant tranquillement leur moto sur la route des crêtes lui vint à l'esprit. Elle sentait comme eux les parfums des fleurs sur les collines.

– Ton nouveau lit, ma chérie, lui dit Laurent en lui désignant le canapé-lit du salon.

Des béquilles, un déambulateur, un fauteuil roulant l'attendaient. Laurent avait tout prévu. Il avait également téléphoné à une femme de ménage. Elle viendrait deux fois par semaine, lui dit-il, mais il lui était impossible d'annuler deux séminaires en Allemagne et un autre aux États-Unis. Pendant que son mari lui parlait, Anna voyait le visage de Jeannot penché tendrement au-dessus d'elle.

Au dîner, les enfants se disputèrent pour savoir qui mettrait la table.

– Je suis désolée, c'est moi qui l'ai mise hier. Toi, tu fous jamais rien !

– Tu rigoles ! Qui est-ce qui a débarrassé hier ? Toi, t'es jamais là quand on t'appelle !

– J'en ai marre ! Tu m'emmerdes ! J'ai jamais vu une pétasse comme toi !

Cette surenchère de gros mots lacérait monstrueusement la toile qui la séparait du monde. Comment avait-elle pu engendrer des êtres aussi effrayants ? Se pouvait-il que son éducation n'ait laissé aucune trace sur eux ? Mais ce n'étaient pas ses enfants. Non. Les siens mettaient la main à la pâte sans rechigner, participaient au repas du soir, s'écoutaient avec respect. Ils faisaient partie d'un monde apaisé et réconcilié, celui que Madeleine et Jeannot avaient su créer autour d'eux.

Le soir, elle fut heureuse de retrouver son lit. Elle rêva de son pied. Allongée sur la moquette, elle travaillait à reconstituer le puzzle de ses os. Une boîte indiquait que le puzzle contenait mille pièces. Elle faisait coïncider les phalanges, les os du tarse antérieur – cuboïde, scaphoïde et les trois cunéiformes – avec ceux du tarse postérieur, l'astragale et le calcanéum, les pilons tibial et péronier. Pour finir, un superbe pied passé aux rayons X se dressait au milieu du salon. En se levant, elle croisa son reflet dans la glace et elle vit son corps se fendiller en mille morceaux. Mille autres pièces de puzzle qu'il lui faudrait rassembler.

Le lendemain, Laurent partit à son travail. Ce serait sa première journée seule dans la maison. Ce qu'elle vit au premier coup d'œil la confondit : des pantoufles gisaient au milieu de la pièce, des serviettes étaient roulées en boule, encore humides, sur le canapé, des CD traînaient sans pochettes sur le parquet.

Elle eut beau réprimander ses enfants le soir, rien ne changeait.

Elle passait ses journées recroquevillée sous sa couette ou assise à sa table sans appeler qui que ce soit.

De retour de l'école, ses enfants lui disaient à peine bonjour et s'empressaient de filer devant leur ordinateur. Dans une dernière tentative pour exister à leurs yeux, elle proposa de les aider à travailler. Mais ils restaient dans leurs chambres et refusaient d'en sortir. Elle n'avait de contrôle sur rien et ne chercha plus à en avoir.

Elle avait hâte qu'ils partent pour retrouver celui qui avait posé sur elle un regard si tendre.

Accoudée à la fenêtre, elle voyait le dos d'un inconnu à qui elle arrimait ses bras. Ils roulaient dans le désert, à califourchon sur une flamboyante cylindrée. La route étendait au loin ses lacets infinis dans l'ocre et le gris.

Las Vegas leur apparut comme un mirage dans la nuit qui tombait. Les ailes du Moulin-Rouge, la statue de la Liberté et le Palais des Doges lançaient dans le ciel étoilé de rutilantes lueurs. La tour Eiffel brillait de mille feux.

Avec son compagnon, elle traversa une ville de chaux et de lumière. Ils se déchaussèrent devant des monastères roses et comblés de silence. Sur une place ombragée ils burent l'eau d'une fontaine. Plus tard, une femme répandit sur elle une pluie de pétales de roses, puis elle massa longuement les pieds endoloris d'Anna de ses longues mains fines.

Son compagnon n'avait de regards que pour elle. Il lui offrait la beauté du monde en partage.

La fracture devint de jour en jour plus évidente entre le monde réel et le monde invisible, nimbé de poésie, que lui faisait traverser son compagnon.

Elle attendait la nuit pour le retrouver et sillonner avec lui la terre sur sa cylindrée.

Ils visitèrent des palais immémoriaux, connurent des paysages insensés, traversèrent des lumières irréelles. Elle s'allongea sur des rochers mousseux, plongea dans des eaux transparentes, s'agenouilla devant des fleurs dont la rosée odorante ruisselait sur ses mains.

Sur sa moto, les cheveux fouettés par le vent, elle se laissait porter par l'ondulation du flux de ses visions.

Elle prit l'habitude d'arborer un étrange sourire pendant sa convalescence mais, ni son mari, ni ses enfants ne remarquèrent qu'elle s'éloignait.

Un jour que Laurent revint du travail, il la découvrit devant la porte, une valise à la main. Comme il lui demandait des explications, elle ne sut que bredouiller, souriante et confuse, qu'ils sauraient tous très bien se débrouiller sans elle.

Elle le laissa sans voix sur le palier. Puis elle partit, sans se retourner.

Au loin, le doux vrombissement d'une moto traversa l'air, comme une promesse.

Dans l'intimité du jardin clos

Devant mon regard obstinément baissé, le psychiatre avait soupiré en rajustant ses lunettes et il m'avait dit : « Pour sortir de la dépression, je ne saurais trop vous conseiller d'aller au musée. Vous qui avez été peintre, vous devriez renouveler cette expérience que vous connaissez sûrement, qui consiste à se tenir devant un tableau et à le laisser vous habiter. Commençons par là, voulez-vous ? Entrez dans les tableaux, incorporez les paysages ! Ce sera ma prescription d'aujourd'hui ! » J'étais prêt à suivre ses conseils, mais affronter la foule d'un musée parisien me semblait insurmontable. Rester debout pendant des heures était au-dessus de mes forces. J'imaginais plutôt le calme d'un petit musée de province ou, plus près de chez moi, l'atmosphère paisible d'un village d'Île-de-France.

Je pensais aux peintres du dix-neuvième siècle. Que faisaient-ils lorsqu'ils voulaient saisir des paysages sans trop s'éloigner de Paris ? Ils prenaient le train à la gare d'Orsay et ils s'arrêtaient à Auvers ou à Pontoise. Parfois, ils poussaient plus loin, jusqu'à Fécamp ou Étretat, pour fixer sur la toile le gris de la mer, la lumière d'un couchant ou les robes des promeneuses sur la grève, légèrement soulevées par le vent.

Un lieu me vint tout de suite à l'esprit : il s'agissait de la maison de Claude Monet à Giverny. Je connaissais son jardin, pour l'avoir vu sous la lumière blanche d'un dimanche de juin, et je savais qu'à côté, il y avait un musée d'art américain avec des salles spacieuses, un parquet couleur de miel et des gardiens aux cheveux blancs, dotés d'yeux myosotis et d'un accent charmant.

Un riche industriel, désireux de faire connaître l'art américain, en était à l'origine. Au dix-neuvième siècle, une colonie d'artistes américains avait élu domicile à Giverny. Inspirés par les paysages, ils avaient produit des tableaux dans la lignée de l'impressionnisme mais on les distinguait des peintres français par l'aspect plus romantique de leurs portraits. On y voyait des enfants, aux joues rebondies, en train de croquer des pommes ou de tourner leurs visages vers leurs mères, vêtues de robes fleuries ornées de rubans de velours ou posant, droites, sous une ombrelle festonnée de dentelle. Ces tableaux représentaient des scènes tendres et champêtres, rêvées ou vécues par ces Américaines expatriées dans le Vexin.

Quand j'avais voulu le visiter, le bâtiment était en train de fermer ses portes et je m'étais dit que j'y retournerais un jour. Ce musée moderne et clair, dans un village pas trop éloigné de Paris, répondait à mes critères. Je décidai de m'y rendre, ne fût-ce que pour montrer à mon psychiatre ma bonne volonté.

Je pris le train gare Saint-Lazare, direction Rouen, et, cinquante minutes plus tard, je descendais à la gare de Vernon. Je montai dans la navette qui menait à Giverny et, un quart d'heure après, je posai le pied sur le parking herbeux qui faisait face au musée. Comme dans mon souvenir, un gardien se tenait debout à l'entrée et orientait les visiteurs dans un français à l'accent américain. Sa veste bleu marine et ses cheveux blancs lui donnaient une allure élégante.

Comme la dernière fois, il faisait beau ce jour-là. Un tapis vert tendre recouvrait les coteaux de Giverny. Je revis avec plaisir les jardins qui s'étiraient de chaque côté de l'entrée. L'aspect hasardeux de leurs pousses évoquait les jardins de curé dont le fouillis apparent est en réalité savamment étudié. On pouvait déjeuner ou simplement prendre un verre sur une terrasse garnie de tables en teck, à l'abri d'une tonnelle d'où pendaient des grappes de glycine.

J'entrai et achetai un ticket. L'exposition en cours s'intitulait *Les femmes et l'impressionnisme américain.* La plupart des tableaux représentaient des femmes dans leurs activités quotidiennes : au jardin, sur un banc, en train de lire ou de boire du thé. Des artistes avaient peint leurs épouses ou bien les jeunes filles qu'ils croisaient. D'autres toiles étaient l'œuvre de femmes peintres

La première salle étant déserte, j'aurais tout le loisir de contempler les tableaux. Je m'arrêtai devant le premier d'entre eux, une huile sur toile intitulée *Un jour gris.* Mes sombres dispositions me poussaient irrésistiblement vers lui. On y voyait une femme en manteau sombre contempler une étendue grise et sans limites. Mais je me dis que, si je voulais chasser de moi les idées noires, il valait mieux que je ne m'arrête pas trop longtemps devant celui-ci. À force de le contempler, il me semblait que j'aurais pu me noyer dans cette eau grise.

Je me tournai vers les tableaux suivants. Ils avaient pour noms *Pique-nique sur l'herbe, Petit déjeuner au jardin, L'ombrelle, Petit matin.* C'étaient des titres plus légers, plus susceptibles de m'aider à sortir du gouffre en m'incitant à m'élever vers le ciel clair d'un matin d'été. Mon regard s'arrêta sur le plus grand d'entre eux, *Femme au kimono jaune*, peint par un certain Mark Osborn.

Tout dans ce tableau me plaisait : sa lumière, le visage de cette femme et cette expression un peu triste qui se dégageait de son regard. Je repensais aux mots de mon psychiatre : « Entrez dans les tableaux, incorporez les paysages ! ». Docile, je m'arrêtai devant ce tableau d'environ un mètre sur deux et je commençai de l'examiner attentivement.

Enveloppée d'un kimono jaune, nonchalamment ouvert sur une robe transparente, une jeune femme enserrait de son bras gauche la branche d'un cerisier en fleurs. En la regardant de plus près, j'avais l'impression qu'elle était sur le point de vaciller, comme si elle avait été sous l'effet d'une révélation. Son regard lointain errait bien au-delà du jardin, ignorant les iris mauves qui penchaient la tête dans le jardin détrempé par la pluie. Autour d'elle, des massifs de pivoines fuchsia explosaient comme des soleils de sang sans parvenir à la détourner d'un mystérieux point d'attraction.

Mais il était tout aussi possible qu'elle ne regardât rien en particulier. Peut-être s'était-elle accrochée à cette branche de cerisier pour mieux profiter du spectacle de son jardin en fleurs. Peut-être son geste était-il l'expression d'une attitude contemplative : respirant l'air du soir avec bonheur, elle avait fait une pause dans son jardin et regardait l'horizon avant de regagner sa maison et de dîner avec les siens. Peut-être encore était-elle enceinte, éprouvant subitement une fatigue qui l'avait contrainte à s'arrêter. Mais sous son kimono ouvert, je ne décelai aucune courbe arrondie.

Ces hypothèses, cependant, ne me satisfaisaient pas car, plus je regardais le tableau, plus j'avais la conviction que cette femme cachait un secret oppressant. Mon psychiatre m'aurait sûrement objecté que c'était mon propre malaise que je projetais sur le tableau. Il ne faisait pourtant aucun doute à présent pour moi que cette femme étouffait. C'était pour cette raison qu'elle avait éprouvé le besoin de s'arrêter pour se tenir à un arbre. *Elle ne pouvait plus continuer ainsi.* Il fallait qu'elle s'arrête et je ne pouvais m'empêcher de voir, dans le plissement de ses yeux, un effort pour chasser d'elle une souffrance, avec l'espoir qu'elle se dissolve dans les timides rayons du soleil ou dans les reflets des nymphéas qu'on voyait flotter dans le coin inférieur droit du tableau.

Je me demandais si l'expérience préconisée par mon psychiatre était recommandée dans le cas où les sujets dégageaient quelque chose de sombre et de mélancolique. Cela ne risquait-il pas de noircir encore mon humeur ? Mais le frémissement que la jeune femme suscitait en moi m'éloignait de ma morosité habituelle et je commençais à croire que mon médecin avait eu raison de m'envoyer dans un musée.

Respectant rigoureusement sa consigne, je fis plus que regarder le tableau. Je m'immergeai en lui et, bientôt, je me mis à sentir, dans la douceur du soir, des effluves de foin coupé, puis il me sembla entendre au loin des accords de violoncelle. Une mélodie sombre et grave faisait onduler l'air. Sans me rendre compte de l'absurdité de ma remarque, je me dis tout naturellement que quelqu'un devait s'entraîner dans la maison, qu'on devinait en arrière-plan. J'étais tellement plongé dans le tableau que je ne m'étonnais pas de sentir des odeurs ou d'entendre des sons. Dans un brusque mouvement de ma conscience, je me crus victime d'hallucinations mais je fus bientôt obligé de constater que j'avais commencé de « rentrer » dans le tableau.

Sous l'acuité de mon regard, la vie qui s'y était immobilisée reprenait son déroulement. Ce n'étaient pour l'instant que de faibles oscillations de l'air, un imperceptible souffle de vent dans les cheveux de la jeune femme ou des ombres mouvantes dans le ciel qui se mettaient à bouger et faisaient prendre vie au tableau.

Mon regard enregistrait ces subtils déplacements sur la toile, comme celui du peintre qui, regardant une eau immobile, la voit soudain chatoyer sous les reflets du soleil, lorsque j'entendis distinctement une voix murmurer : « *Rien ne sera donc jamais plus comme avant ?* » Je n'aurais su dire si cette voix venait de la jeune femme ou de moi. Elle traduisait l'interrogation inquiète, voire épouvantée qu'exprimaient son regard affolé, le mouvement de son bras et la lumière pâle du jour dans laquelle baignait le tableau.

J'étais parvenu à m'immiscer dans son esprit au point de deviner ses pensées. Je savais – sans comprendre comment – que sa promenade avait été interrompue par un constat effrayant. Elle avait bien essayé de l'atténuer en le formulant sous la forme d'une question, mais il était si terrible à admettre qu'elle avait eu besoin de s'accrocher au premier arbre venu. D'une manière que je ne m'expliquais pas, j'avais maintenant accès au passé de cette femme. Je connaissais la raison de son effarement : elle avait rencontré un homme et cet homme était parti à jamais, la laissant désemparée et vide. Son esprit n'arrivait pas à se détacher de lui. Elle ne voyait plus les roses thé, les lys orangés, les marguerites bombées de son jardin qui autrefois faisaient son bonheur. Les fleurs formaient des taches éparses qui dansaient devant ses yeux. Je savais que ce n'était pas seulement à cause de ses larmes, que je voyais scintiller à travers ses paupières, mais aussi parce, sans cet homme, elle ne reconnaissait plus les contours de son univers. Depuis qu'elle avait croisé ses yeux doux, elle ne supportait plus l'idée qu'ils ne se poseraient plus jamais sur elle. Elle n'éprouverait plus aucun plaisir à recevoir Mrs Folkstone, ni aucune de ses amies, pour le thé du dimanche après-midi et le temps lui semblait désormais démesurément long sans sa présence.

Plus « j'entrais » dans le tableau, plus la jeune femme me devenait familière. Je connaissais le nom de son mari, de ses amis. En orientant mon regard, je voyais aussi ce que le cadre du tableau ne montrait pas : le jardin d'hiver qui prolongeait sa maison et la tasse de thé en faïence chinoise posée sur la table en fer. Je savais qu'elle l'avait portée à ses lèvres quelques minutes auparavant sous la verrière qui laissait filtrer une lumière verdâtre. Son passé n'avait plus de secret pour moi.

Elle avait rencontré son mari lors d'une vente aux enchères. Alors qu'il recherchait des tableaux pour sa galerie, il avait été conquis par les toiles d'un nouveau groupe de peintres qui cherchaient à restituer l'impalpable plutôt que l'exactitude des formes. Chez Nadar, qui observait la terre du haut de son aérostat et possédait un atelier, il avait été ébranlé par la toile *Impression soleil levant* d'un peintre de trente-deux ans, un certain Claude Monet. Depuis, il avait acheté une maison à Giverny et consacrait ses efforts à faire connaître ces peintres qu'un critique ironique avait baptisé « impressionnistes ». Il trouvait à leurs tableaux une grâce et une clarté nouvelles. Elle avait été séduite par son bagout, sa forte carrure et sa barbe de bon vivant. Ils la protégeraient, pensait-elle, de la neurasthénie à laquelle elle avait tendance depuis son enfance.

Un jour d'été, ils s'étaient mariés dans la petite église de Giverny inondée de soleil. Depuis, elle passait son temps à jardiner, à lire, à démêler des écheveaux de soie. Elle aimait l'entendre lui parler de ses rencontres, de ses coups de cœur pour des tableaux. Il faisait parfois venir des peintres dans sa maison et elle se plaisait à leur cuisiner des légumes du marché ou du gibier qu'elle dépeçait elle-même.

Cette vie campagnarde, au milieu de la nature et des tableaux, lui plaisait infiniment. En compagnie de cet homme corpulent, barbu, hâbleur, qui jouissait de l'estime du milieu artistique parisien, elle se sentait protégée. Privilégiée aussi, car il l'adulait. Ses journées lui apportaient un apaisement qu'elle prenait pour le bonheur : dans l'intimité du jardin clos, ses amies, femmes de peintres ou peintres elles-mêmes, installaient leurs chevalets devant le petit mur de pierres qui l'abritait. Quand les coquelicots étaient sortis, leur joyeuse bande partait peindre en plein milieu des coteaux qui surplombaient Giverny. Et l'on voyait au loin des robes qui gonflaient et des rubans de chapeaux qui flottaient au vent. Parmi ses compagnes, des Américaines venaient de Boston ou de grandes villes américaines, et pour elles, ces prairies tachetées de rouge, ces cascades de maisons autour du clocher et les méandres brumeux de la Seine qu'on voyait du haut des falaises représentaient tout ce que l'Amérique ne savait pas voir.

Un jour, dans l'encadrement de sa porte, elle s'était trouvée nez à nez avec un échalas à la chevelure brune et bouclée. À sa vue, il avait rougi légèrement et avait pris sa main dans la sienne en la serrant avec chaleur. Il s'appelait Charles Pickford et la remerciait de l'accueillir dans sa maison. Il lui fit part de son enthousiasme pour ces peintres dont on entendait de plus en plus parler, les Impressionnistes, et lui dit qu'il était venu de Baltimore pour essayer de rencontrer quelques-uns d'entre eux. S'il s'était installé dans le Vexin français, c'était aussi dans l'espoir d'y trouver une inspiration nouvelle. Mais, puisqu'il avait la chance de l'avoir rencontrée, il voulait savoir comment elle vivait à Giverny, si elle y avait toujours vécu, si elle se promenait dans la campagne, si elle ne regrettait pas la vie trépidante de Paris. Son enthousiasme pour les peintres passa rapidement au second plan dans sa conversation. Elle devint son premier sujet d'intérêt et elle en fut troublée car elle se rendait compte que peu de gens se préoccupaient de savoir ce qu'elle ressentait.

Un soir, au cours du dîner qu'ils partageaient en compagnie de son mari, leurs yeux se croisèrent plusieurs fois à la lueur des bougies. Après le dessert, ils allèrent faire un tour dehors. L'ocre rose de la façade s'enflammait des lueurs du crépuscule. Il lui parla de son goût pour la poésie française et, profitant que son mari se fût momentanément écarté d'eux, lui proposa de se donner parfois rendez-vous dans le jardin pour lire ensemble des poèmes. Derrière le mur pierreux, les arbres fruitiers escaladaient les collines et invitaient à une promenade qu'elle se prit à rêver de partager avec lui. Elle avait du plaisir à écouter sa voix douce et animée d'une fièvre secrète.

De retour au salon, tandis qu'ils prenaient le café, elle remarqua qu'il suspendait de temps à autre sa conversation pour noter des phrases dans son calepin. Lorsqu'ils se retrouvèrent seuls tous les deux, elle lui demanda ce qu'il avait griffonné. Il lui répondit qu'il lui arrivait souvent d'écrire des alexandrins. Pas de Racine ou de Baudelaire, non, mais d'auteurs anonymes.

Il traquait ceux qui émaillent une conversation ordinaire. Et il s'en prononçait beaucoup plus qu'on ne croyait dans une journée, lui apprit-il.

« Tenez, regardez ceux que j'ai notés. En une journée, j'en ai relevé pas moins de vingt-quatre : un par heure ! Je vous les lis : *Passez-moi le poivre pour relever tout ça*! ou bien *Il faut aller au lit, c'est l'heure du coucher*! *Tu ne me crois donc pas ? Je te le prouverai !* Vous avez noté la césure à l'hémistiche ? On dirait du Racine ! Écoutez bien les conversations. Vous verrez, il s'en produit une multitude tous les jours. Peut-être est-ce parce qu'il se forme si naturellement que l'alexandrin est le vers français par excellence. »

Depuis, elle s'était attelée à les rechercher et ne se déplaçait pas, à son tour, sans un petit calepin. Puis Charles et elle se donnaient rendez-vous dans le jardin et comparaient leurs trouvailles. La vieille gouvernante s'était enquise de savoir d'où lui venait ce goût nouveau pour l'écriture. Elle lui avait répondu qu'elle s'essayait à écrire un roman mais elle ne lui montrait jamais les phrases qu'elle avait saisies au vol : *Voulez-vous du sucre ? Non merci, Lydie… Le chien est-il sorti ? Je crois que oui, Marie… Il fait frais aujourd'hui. Allez chercher du bois… Je vais à Giverny. Prenez le parapluie.*

Il lui proposa d'écrire avec elle un roman à quatre mains composé de toutes les phrases qu'ils auraient récoltées.

À ses côtés, la vie prenait une gaieté nouvelle. Il avait introduit dans son existence de la fantaisie. La même que celle qui lui ébouriffait les cheveux, enfant, quand elle courait derrière sa maison jusqu'au ruisseau et inventait des chimères avec les garçons du voisinage. La paix de ses journées ne lui suffisait plus.

Elle réclamait la clandestinité dont s'auréolaient leurs entrevues. C'était un bonheur nouveau, qui excluait son mari, réduit à une ombre de plus en plus lointaine. Dès que Charles apparaissait, son cœur battait plus vite. Pendant les après-midi où son mari courait les galeries, il venait la chercher et, les yeux brillants, l'entraînait avec lui dans les rues de Giverny pour imaginer de nouvelles aventures.

Ils marchaient sur la route poudrée de soleil, inventant des vies à tous les gens qu'ils croisaient : la vieille femme aux yeux perçants et aux joues ridées qui passait des heures assise sur le trottoir devenait une espionne des peintres du Salon officiel. L'aubergiste du coin de la rue était en réalité un critique du très conservateur journal le *Charivari*.

Le village était truffé d'espions chargés de poursuivre ces peintres révolutionnaires qui n'étaient pas fichus de rendre le monde reconnaissable. Devant ces dangers imaginaires auxquels elle se mettait à croire, il la prenait par la main et ils couraient dans les ruelles pour échapper à tous ces mouchards jusqu'à ce que le souffle leur manque.

Elle comprit pourquoi il aimait tant les peintres impressionnistes. Sur leurs toiles, de multiples réalités scintillent et se superposent, comme pour celui qui sait saisir la conscience du monde.

Ils se promenaient au milieu des iris sauvages, des herbes folles et des pavots ou enfourchaient leurs bicyclettes en emportant des paniers de pique-niques remplis de pâtés en croûte ou de terrines qu'elle avait confectionnés. Puis, essoufflés, ils lâchaient leurs vélos dans l'herbe, le long des champs de grands soleils. Comme une évidence, leurs doigts avaient fini par s'emmêler.

Ils firent l'amour pour la première fois dans l'atelier de son mari, au milieu des tableaux qu'il n'arrivait pas à vendre parce qu'ils étaient trop en avance pour leur époque. Malgré les toiles d'araignée qui pendaient de la charpente et la terre battue qui leur servait de lit, elle ne s'était jamais sentie aussi vivante. La porte ouverte laissait entrer la lumière dorée du dehors et les parfums des fleurs exaltés par les herbes qu'ils avaient brassées. Ils faisaient l'amour avec le paysage et laissaient le paysage entrer en eux.

Grâce à Charles Pickford, son existence devint romanesque. Elle s'était crue heureuse alors qu'elle n'était qu'apaisée. Chaque jour passé avec lui était une terre vierge à défricher. Vivre sans lui était devenu tout simplement inenvisageable.

Mais son mari, qu'il suspectât ou non quelque chose, finit par se faire plus présent. Il partait moins souvent à Paris, Londres ou Bruxelles et les occasions de se voir seul à seul devinrent plus rares. Le jour arriva où Charles Pickford dut rejoindre Baltimore. Dans son enthousiasme, elle avait oublié qu'il n'habitait chez elle que pour un temps provisoire.

La veille de son départ, ils s'allongèrent une dernière fois dans l'herbe. Ils regardaient les branches des cerisiers en fleurs s'élancer dans le ciel azur comme s'ils cherchaient à fixer un moment d'éternité. Ils se retrouvèrent une dernière fois dans l'atelier de son mari mais ils avaient l'impression de célébrer des noces funèbres. La clarté du ciel rendait leurs teints livides. Les gouttes de rosée qui perlaient sur les toiles d'araignée ressemblaient à des larmes. C'était comme si toute la nature pleurait avec eux. Les yeux mouillés, Charles lui promit qu'il lui écrirait dès son arrivée et qu'il la rejoindrait dès que possible.

Elle reçut une lettre en effet, une semaine après son départ, suivie d'une autre, quelques semaines plus tard, puis il ne lui donna plus signe de vie.

La première année, elle guetta le courrier chaque matin. Elle finit par comprendre qu'il ne servait à rien de l'attendre. Elle passait ses journées à broder ou à peindre sous la verrière. Le balancement du feuillage derrière la vitre lui rappelait ses promenades avec Charles dans la nature et leur complicité d'autrefois. Elle restait ainsi en rêvant jusqu'à ce que la pendule de Saxe posée sur la cheminée de marbre sonnât l'heure du dîner.

Les repas avec son mari étaient le plus souvent silencieux. Il revenait de Paris avec des parfums de femmes sur son col. Après le dessert, tandis qu'il allait s'asseoir pour lire le journal du jour, elle prenait au vol un kimono jaune, posé sur un paravent japonais, en couvrait ses épaules et gagnait le jardin. Elle marchait jusqu'au fond, puis restait postée devant le mur de pierre, comme si elle espérait le retour de quelqu'un.

Comment savais-je tout ce qui était arrivé à cette femme ? Pourquoi n'ignorais-je rien de son amour, de sa souffrance, de son attente ? D'où me venait cette connaissance intime que j'avais d'elle ? La première fois que j'avais regardé le tableau, la jeune femme se tenait de profil et, malgré le peu que j'apercevais de son visage, j'avais perçu la tristesse de son regard et le poids qui serrait sa poitrine comme un étau. Puis, en la contemplant davantage, j'avais compris la cause de son malaise. Ce regard était celui d'une femme égarée par la perte de son amour et la perspective d'une existence sans attrait. Il correspondait au lendemain du départ de Charles.

Par un mystère que je ne m'expliquais pas, je n'étais plus devant une image fixe mais devant le film de sa vie et elle m'apparaissait maintenant sous un autre angle. Elle plissait toujours les yeux mais, cette fois, je la voyais de face. Et il me semblait lire dans son regard une nuance nouvelle. Au milieu de la tristesse, je distinguais une imperceptible flamme. Une lueur d'espoir. Oui, j'en étais sûr, ses yeux s'éclairaient. Or, la jeune femme, debout derrière le muret, regardait dans ma direction.

– *Look at this woman ! How attractive she is !*

Des voix résonnaient derrière mon dos. J'essayai de me retourner mais, bizarrement, je n'y arrivais pas. J'étais comme figé devant la jeune femme. Ses yeux fixaient un point au-delà du jardin, et ce point, dissimulé derrière le muret de pierres, cette forme indistincte où elle commençait de reconnaître quelque chose de familier, une façon particulière de la regarder qu'elle n'avait connue que chez une seule personne, je compris que c'était moi. C'était moi qu'elle apercevait au loin. Moi qui avais sauté dans le tableau pour la rejoindre et lui donnais une espérance folle.

À bien y réfléchir, il y avait plus d'un point commun entre Charles Pickford et moi : la même chevelure brune et bouclée, le même regard enfiévré posé sur la jeune femme, le même métier, qui expliquait ma présence à Giverny.

M'aurait-elle confondu avec celui dont elle n'avait cessé d'espérer secrètement le retour ? Maintenant que je savais comment la séduire, je n'aurais pas de mal à lui faire revivre une passion dont elle avait été privée. Mais étais-je prêt à ne pas plus me retourner ? Aurais-je le courage de laisser mes contemporains ?

Son regard embué, rempli de joie, m'attirait vers elle comme un aimant. Je ne savais pas quelle vie inconnue m'attendait de l'autre côté du miroir mais ce que je savais, c'était que, derrière moi, je ne laissais qu'un studio vide au-dessus du périphérique, un psychiatre à qui je n'avais jamais réussi à arracher un sourire et une concierge soupçonneuse par principe à mon égard. De toute façon, je n'avais jamais aimé ce siècle, à la modernité duquel je ne trouvais que de la laideur.

Le lendemain, alors qu'elle montrait à un groupe de visiteurs la toile du peintre Mark Osborn, *Femme au kimono jaune*, la jeune guide fut surprise de voir, dans le coin inférieur droit du tableau, quelque chose qu'elle n'avait encore jamais remarqué : sur le vert sombre des fourrés se détachait la silhouette d'un homme en train de tendre les bras vers la femme qui occupait le centre du tableau.

La solitude du conférencier

Dans le Grand Salon orné d'un plafond à caissons soutenu par de hautes colonnes cannelées, nous attendions la venue du conférencier. C'était un vaste espace quadrangulaire dont le périmètre était régulièrement agrémenté de statues représentant les Lettres et les Sciences. Ce décor grandiose était digne de sa renommée. J'éprouvais pour lui une profonde admiration après avoir lu quelques-uns de ses ouvrages dont les titres, *L'amertume du savoir, Fluidité du vide, Les non-dits de la conversation*, m'attiraient chaque fois comme s'ils touchaient une région obscure tapie au fond de moi. Ses théories sur le silence et la langue étaient enseignées par des chercheurs du monde entier. Malgré leur fondement scientifique qui inspirait grammairiens, linguistes, ethnologues et psychanalystes de tous bords, sa façon si personnelle de les formuler, bien éloignée de la sécheresse d'un jargon auquel ces chercheurs étaient habitués, confinait à la poésie pure. Ses mots coulaient comme le sable entre les doigts et on ne pouvait qu'admirer la justesse et la profondeur de son observation.

Le silence était au cœur de ses préoccupations, ce que les œuvres taisaient était selon lui plus important que ce qu'elles montraient. Il avait étudié ses répercussions sur les émotions et, pour mieux les observer, était même allé jusqu'à partager la vie de sœurs carmélites. Il avait également observé comment le silence se répartissait au cours des œuvres musicales et des pièces de théâtre, s'intéressant aux soupirs, aux points de suspension, aux ellipses. Il en avait conclu que les mots n'étaient que la partie immergée du silence, matrice fondamentale, dans laquelle ils baignaient, et qu'il appelait *le silence fondamental.* Il avait analysé les romans de Balzac, de Proust, de Flaubert comme un critique analyse des partitions musicales, étudiant l'alternance du formulé et du non-dit, et, à ce stade de sa réflexion, il parlait de chacune de leurs œuvres comme d'une *cathédrale de silence*, démontrant que la littérature n'était autre qu'une façon particulière de tailler les mots *dans le marbre du silence.* Ses critiques littéraires constituaient des morceaux de référence qu'on enseignait aussi bien pour l'importance de leur contenu que pour la poésie de leur forme.

Au milieu du brouhaha qui signait l'impatience des participants, un silence, justement, se fit lorsqu'il arriva et monta sur l'estrade, la main appuyée sur une canne à pommeau en argent ciselé. Mieux que les applaudissements ne l'auraient fait, la qualité du silence qui suivit son arrivée traduisait l'immense admiration de ses auditeurs, venus écouter ce dont ils pensaient que ce serait peut-être, étant donné son âge, le chant du cygne de Roland Bergeret, sa conférence sur le roman.

De sa main droite, il voulut attirer le micro vers sa bouche, geste qui s'avéra inutile et maladroit puisque, rivé sur son socle, celui-ci était impossible à déplacer. Sa maladresse me toucha car je savais à quel point Roland Bergeret attachait d'importance aux choses du corps. Il avait écrit un ouvrage magistral sur l'évocation du grain de la peau dans l'art, un autre sur la retranscription du timbre de la voix dans la littérature du dix-neuvième siècle français. Je savais que la façon dont sa voix allait être amplifiée pour être accessible à plusieurs centaines d'auditeurs et l'infime écart qui se jouerait entre les inflexions qu'il avait rêvé de lui donner et leur réalisation effective seraient sûrement vécus par lui comme une trahison tragique.

– Je voulais commencer par vous dire que je suis atteint d'une rhinite.

Hors de son contexte, une telle phrase aurait paru d'une banalité notoire qui ne justifiait pas le déplacement de post-doctorants ni la fièvre qu'on lisait dans les yeux des étudiants, ni tous ces magnétophones ouverts, comme des mains tendues, pour recueillir des miettes de discours du maître.

– Si je vous signale cette inflammation de mes muqueuses nasales, c'est qu'elle rendra ma voix légèrement nasillarde, inconvénient qui risque d'interférer malencontreusement avec la compréhension de mes propos et je m'en excuse à l'avance. Pourquoi un cours sur le roman, me direz-vous, alors que je n'en ai jamais écrit ? Vous connaissez mes essais, mes textes d'analyse, mais vous savez aussi à quel point l'écriture est sacrée pour moi. Alors, vous demandez-vous, pourquoi n'avoir jamais produit de texte romanesque ? Eh bien, justement, c'est sur cette impossibilité que je souhaite porter ma réflexion. Qu'est-ce qui m'empêche de passer d'une pratique discontinue au flux continu du roman alors qu'écrire un roman est mon fantasme le plus obsédant ? Mes chroniques, mon Journal sont, de ce que j'ai écrit, ce qui se rapprocherait le plus du roman mais n'en constituent pour autant pas un. Est-il impossible de concilier forme romanesque et notations de l'Instant ? Ne vous attendez donc pas à ce que mon cours porte sur l'histoire du roman mais à ce qu'il réponde plutôt à la question : quel serait ce roman idéal, celui que je suis incapable d'écrire et que je désire pourtant tellement écrire ? Il existe une forme littéraire qui représente la plus petite unité narrative qui soit – unité que j'appellerai le *narrème* – et qui répond à ma conception du roman idéal : il s'agit du haïku japonais. En effet, dans le haïku, en trois vers, une histoire est là, complète, du début à la fin :

Il fait beau.
Les vaches paissent dans le pré.
Je t'aime mon amour.

Quelque chose touche l'auteur, il le retranscrit et, ce faisant, fait éprouver au lecteur la fascination qu'il a lui-même ressentie devant la captation d'un l'instant heureux. Voilà mon idéal. Malheureusement, je ne suis pas japonais, et la littérature occidentale me condamne, pour écrire une œuvre romanesque, à produire une écriture longue. Mais comment puis-je passer de cette notation fragmentée du présent à une forme longue ?

Roland Bergeret baissa les yeux et se tut. Curieusement, malgré cet aveu d'impuissance proclamé devant des milliers de fidèles, nous ne lisions pas sur son visage ni dans le ton de sa voix l'expression d'un pessimisme, mais plutôt la jubilation d'un homme en train d'élaborer une théorie : celle qui consistait à définir le roman idéal. Après une minute de silence, sa voix – il est vrai un peu déformée par sa résonance dans ses cavités nasales -ce qui me faisait me demander en quoi ce phénomène auditif pouvait gêner ma compréhension de son exposé- s'éleva à nouveau dans cette salle prestigieuse de l'université de Tübingen où il était invité d'honneur.

– Sur quoi écrire ? Sur ce qui, dans le présent, m'attire, me capte, me touche. Un incident, ce qui survient, ce qui arrive. Une petite scène.

Un silence se fit et il poursuivit :

– Hier, par exemple, j'étais à mon bureau, devant la fenêtre qui donne sur mon jardin. En face de moi, je peux voir un morceau de la cour gravillonnée et quelques marches de pierre d'où part un chemin qui s'enfonce sous la feuillée. C'est le spectacle quotidien auquel j'ai droit dès que je lève les yeux. Tout à coup, tandis que j'écrivais, j'entends des coups de bec sur la vitre. Un chardonneret, posé sur le rebord de la fenêtre, me regardait, puis il a pris son envol et il est revenu après quelques battements d'ailes frapper à nouveau à ma fenêtre. Ce manège s'est reproduit cinq fois de suite. On aurait dit qu'il cherchait avec insistance à me parler, qu'il voulait me communiquer quelque chose. Comme je ne lui ouvrais pas, il a fini par partir. Mais je repense à ses yeux interrogateurs. Cet épisode était un incident, un morceau de présent absolu que je me suis plu à transformer en haïku, ce qui a donné :

J'écris à ma fenêtre.
Un oiseau frappe à la vitre.
Découragé, il s'envole.

À nouveau, Roland Bergeret laissa s'installer un silence. On entendait le souffle des magnétophones. J'avais sur ma table plusieurs ouvrages de lui, dont le dernier, *Vita libera – Une vie libre* – dans lequel il faisait part de son projet de vie : « *Je rêve d'une existence libre où chacun de nous pourrait vivre selon son rythme propre (autorythmie), son agilité, ses fluctuations. Je revendique le droit à chacun de concevoir le temps comme il l'entend et de savourer son élasticité au gré des incidents que crée son regard* ».

– Pourquoi ai-je retenu cet oiseau qui frappe à ma vitre ? Pourquoi cet incident est-il devenu objet d'écriture ? Cet oiseau qui cherchait peut-être à me parler a fait vaciller ma chronologie. J'ai voulu, par l'écriture, reproduire cette vacillation. Pourquoi ne serait-il pas possible d'imaginer qu'un roman soit une série de « vacillations », sans souci de succession dans le temps ?

Roland Bergeret avait achevé sa conférence sur cette phrase :

– Je n'ai pas d'œuvre à sortir de mon chapeau, je n'ai écrit aucun roman mais mon cours répondra à deux interrogations : à la première, *qu'est-ce que le roman ?* j'ai essayé aujourd'hui de vous montrer qu'elle signifiait : *à quoi ressemblerait le roman que j'écrirais ?* Dans la deuxième partie de mon cours sur le roman, je m'intéresserai à la question : *dans quelles conditions écrit-on* ?

Roland Bergeret remercia l'auditoire de son attention et finit sa conférence pratiquement aphone. L'inflammation de ses muqueuses avait eu raison de sa voix et je compris subitement le sens de son préambule : son aphonie symbolisait à elle seule son impuissance à écrire une œuvre romanesque. Je songeais que, mis bout à bout, ses textes magnifiques, dont chacun transcrivait, comme dans une chambre d'écho, un éblouissement atteignant par contagion le lecteur, auraient peut-être pu fournir la matière d'un roman singulier et original. Celui-ci aurait sûrement ressemblé à une palette scintillante capable de faire briller les multiples bribes d'une réalité colorée par son désir et, à force, un éditeur ayant eu l'idée de les rassembler, aurait peut-être fini par donner naissance à un chef-d'œuvre romanesque où se seraient entrecroisées des polyphonies tenant lieu de personnages.

J'ai regardé partir Roland Bergeret, drapé dans son écharpe, prenant appui sur une canne que seul un souci de théâtralité semblait justifier et je suis resté sur mon siège, dans le Grand Salon, jusqu'à ce que la salle se vide. Je n'étais de passage à Tübingen que pour quelques jours et ne pouvais assister à la séance prévue la semaine suivante.

Dix ans plus tard, au cours d'un déménagement, alors que Roland Bergeret était mort depuis sept ans, j'ai retrouvé les notes que j'avais prises alors. Sur une chemise bleue était écrit au feutre : *Cours sur le roman* de Roland Bergeret. J'ai ouvert la chemise et j'ai lu les phrases qui couraient sur mes feuilles : « *Veuillez excuser ma rhinite* », « *je crains que l'inflammation de mes muqueuses nasales n'affecte votre compréhension de mon exposé* », « *j'ai entendu un oiseau frapper à ma vitre* », « *je n'ai pas de roman à sortir de mon chapeau* ».

J'ai revu les immenses rampes en fer forgé et cuivre ciselé qui menaient au Grand Salon avec la sphère céleste posée sur leur départ, le dallage de marbre de l'entrée et les écussons aux armoiries de la ville de Tübingen peints sur les murs, je me suis remémoré le silence respectueux des étudiants, les bruits secs des magnétophones qu'on ouvrait pour tourner les cassettes et je me suis demandé si son œil brillant et le petit sourire qu'il arborait au coin des lèvres en partant étaient dus à la perspective de cette *vita libera* qui s'ouvrait devant lui ou à la joie secrète qu'il éprouvait devant le faste dont on honorait chacune de ses interventions.

Le rhonchopathe

Souvent, pour s'amuser, les hommes d'équipage
Prennent des albatros, vastes oiseaux des mers,
Qui suivent, indolents compagnons de voyage,
Le navire glissant sur les gouffres amers.

À peine les ont-ils déposés sur les planches,
Que ces rois de l'azur, maladroits et honteux,
Laissent piteusement leurs grandes ailes blanches
Comme des avirons traîner à côté d'eux.
L'albatros, Charles Baudelaire

– Ce soir, je couche avec Marilyn !

Maurice se tourna vers sa femme, guettant un rire. Mais, au lieu de ça, elle posa calmement son livre, prit le temps de le regarder et lui dit, en le fixant droit dans les yeux :

– Ce que tu es bête.

Elle avait prononcé ces mots en les articulant pour bien montrer qu'elle ne plaisantait pas.

Son constat semblait sans appel et, au cas où son mari ne l'aurait pas compris, son œil, luisant d'un éclat coupant, se chargeait de le lui confirmer.

Il y a quelques mois encore, l'intonation de sa phrase aurait monté légèrement car le mot de Maurice l'aurait fait rire. Mais, ces derniers temps, elle affichait une froideur qu'il ne s'expliquait pas. Maurice avait beau chercher, il ne voyait pas ce qu'il avait pu faire ou dire qui l'eût blessée. Même si Lucienne avait fouillé dans ses affaires, elle n'aurait rien trouvé de compromettant : il n'y avait pas de prénoms féminins sur ses talons de chèques, seulement des noms de supermarchés ou d'entreprises de chauffage. Il n'y avait pas non plus de noms de restaurants, susceptibles de lui faire soupçonner qu'il partageait ses repas avec une autre. Par exemple, il n'était jamais rentré chez *Amore mio,* le restaurant qui jouxtait son travail. Pourtant, ce n'était pas l'envie qui lui manquait. Avec son menu à douze euros le midi, c'était tentant. Et s'il n'avait été freiné par sa mauvaise conscience, il y aurait bien déjeuné tous les jours, rien que pour connaître le goût de la liberté.

Non, vraiment, il ne voyait pas ce qui provoquait la haine sourde qu'il sentait depuis quelque temps chez sa femme.

Honteux, il reposa à terre la biographie de Marilyn Monroe qu'il avait eu le tort de mettre sur son oreiller et de ceindre de son bras pour faire croire à sa femme qu'elle devrait partager sa couche avec une star du cinéma.

En laissant errer son regard sur la couverture, il vit Marilyn, photographiée en contre-plongée, croiser les bras sur sa poitrine offerte. Elle paraissait lui adresser un baiser et il se trouva pitoyable d'avoir sali sa peau lactée sous sa grosse main terreuse. Lucienne avait raison, il n'était qu'un goujat dépourvu de finesse.

Espérant se faire pardonner, il se rapprocha de sa femme qui avait repris sa lecture. Alors qu'il quémandait son regard, elle continuait à s'absorber dans son livre. Il observa l'arête aiguë de son nez, ses cheveux gris enroulés en bigoudis sous un filet, et son profil obtus le découragea.

Il revint alors au centre du lit et resta un moment sur le dos, les mains jointes sur le ventre en regardant le plafond. Il n'osait pas reprendre le livre d'où Marilyn semblait l'appeler au secours pour qu'il l'empêche de tomber dans un puits noir. Il brûlait pourtant de comprendre les mystérieuses raisons de son innocence égarée. Mais, sous l'œil froid de son épouse, sa photographie était devenue gênante, comme s'il s'était agi du modèle original.

Au bout de quelques minutes, Lucienne n'avait toujours pas bougé d'un pouce ni desserré les dents. Il se pencha alors vers le sol et attrapa son livre, puis, pivotant vers sa lampe de chevet, il fit porter tout le poids de son corps sur son cœur, chose qu'il s'efforçait en général d'éviter. Mais, puisque Lucienne était décidée à bouder, il se résigna à lui tourner le dos.

Marilyn était photographiée en robe moulante couleur chair. Elle penchait la tête en arrière pour rire et pourtant il avait l'impression qu'elle pleurait. Tout à coup, il se sentit aussi désespéré qu'elle. Aussi seul. Aussi perdu.

Il lut avec avidité le chapitre intitulé *Une enfance chaotique*. On y expliquait que la mère de Marilyn n'avait jamais tenu sa fille dans ses bras. Très tôt, elle l'avait confiée à des « mères » de substitution et Marilyn enfant avait été ballottée de « mère » en « mère ». Plus tard, quand sa mère biologique avait été internée, elle était allée lui rendre visite avec des cadeaux mais n'avait jamais obtenu d'elle un quelconque merci. Toute sa vie, elle avait recherché un signe d'amour de sa génitrice. Mais, derrière les visages des hommes, et en elle aussi, elle ne rencontrait que du vide, une béance que rien ne parvenait à combler. Elle survivait à coups d'injections de tranquillisants, qu'elle appelait ses

« cures de jouvence » et qui la guérissaient pour un temps de la terreur d'exister.

Maurice, comme beaucoup d'hommes, éprouvait pour Marilyn un mélange de désir et de tendresse. Dans un premier temps, il avait acheté ce livre parce qu'il contenait des photos d'elle où l'on voyait sous toutes les coutures ses fesses, ses seins et sa fabuleuse chute de reins. Mais, quand il découvrit son histoire, il eut envie de protéger la pauvre petite chose qui se cachait sous ces formes généreuses. Et le corps de Marilyn, son fessier moulé dans des jupes serrées, cette poitrine provocante avec laquelle elle se frayait un chemin, il pensait qu'il aurait su les ignorer s'il l'avait connue et que marcher à ses côtés aurait suffi à le remplir de bonheur. Il lui aurait plu d'être juste un écran entre elle et le monde.

Un bruit caractéristique de lunettes qu'on replie le tira de sa rêverie, bientôt suivi par celui d'une lampe qu'on éteint. Sans dire un mot, Lucienne avait décrété qu'il était temps de dormir.

– Tu peux lire, ça ne me dérange pas, lui dit-elle en se tournant sur le côté.

Il jeta sur elle un coup d'œil furtif et vit son filet à cheveux qui dépassait du drap.

– Je n'en ai pas pour longtemps, s'excusa-t-il, comme si cette promesse pouvait atténuer son délit.

Pourtant, il n'avait pas sommeil. Le sourire mutin et désespéré de Marilyn n'arrivait pas à le faire décoller de son livre. Il rêvait qu'il était son chevalier servant : visitant avec elle les studios de la Fox, il prenait sa défense quand elle se faisait humilier par un metteur en scène irascible. Les répliques qu'elle n'arrivait pas à dire, il l'aidait à les apprendre. À la fin de la journée, il lui faisait couler un bain moussant pour qu'elle se repose de la fatigue. Il la promenait dans sa limousine le long des villas de Hollywood, croyait la voir sourire dans le soleil ou passer sa main dans ses cheveux blonds. Peut-être, songeait Maurice, qu'avec un homme qui lui aurait témoigné un peu de patience et d'amour, elle aurait fini par trouver du bon à la vie.

À trois heures du matin, le sommeil le gagna. Il regarda une dernière photo de sa protégée, allant même jusqu'à déposer un léger baiser sur ses seins, puis il glissa un marque-page à l'endroit où il en était resté et reposa le livre à terre.

Lucienne ne faisait aucun bruit. On aurait dit qu'elle ne respirait plus. Il jeta sur elle un coup d'œil discret. Ses côtes se soulevaient mais elle n'avait pas bougé d'un millimètre. Il se demanda si elle était endormie ou simplement soucieuse de ne pas déformer sa coiffure.

Il s'endormit. Quelques secondes plus tard, il était au bord d'une piscine. Des femmes en robe longue et des hommes en smoking devisaient, des verres à la main. Les lumières d'une luxueuse villa coloniale se reflétaient sur l'eau. Personne ne semblait remarquer sa présence. Il faisait partie des privilégiés qui tutoyaient le maître de maison. Il avançait jusqu'à une femme qui se tenait de dos, en robe bustier. Elle avait des cheveux crantés et d'une blondeur platine. Quand il n'en fut plus qu'à quelques centimètres, elle se retourna : c'était Marilyn. Elle lui souriait comme s'il était la personne qu'elle attendait depuis toujours et l'attira vers elle en lui prenant la main. Il crut comprendre qu'elle disait : « Chéri, comme je t'ai attendu ! ». Tout en parlant, elle fermait les yeux et lui offrait sa bouche. Soudain, un bruit terrible retentit. Un hélicoptère marqué des trois lettres F.B.I. survolait la maison en rasant le toit. Les invités se dispersèrent et Marilyn se mit à courir droit devant elle.

Maurice se réveilla en nage. Un silence de plomb régnait dans la chambre. Lucienne gémit entre ses dents :

– Tu ne peux pas te taire ! C'est insupportable, ces ronflements ! Mets-toi donc sur le côté !

Il se trouva ridicule. C'était son ronflement qui avait fait surgir ce gros oiseau bourdonnant.

Qui sait ce qui serait arrivé si l'hélicoptère n'avait pas survolé la villa. Marilyn lui tendait ses lèvres brillantes. Ses yeux étaient mouillés. Elle avait l'air amoureuse. Peut-être aurait-elle connu l'amour avec lui. Après Jo Di Maggio, après Yves Montand, après Arthur Miller, il y aurait eu Maurice. Le seul. Le vrai. Un homme solide, sur qui elle aurait pu compter. Qui l'aurait aimée et épaulée dans les pires moments.

Il se détesta d'avoir fait s'effondrer son rêve. Juste à cause d'une cloison nasale déviée ou d'une luette trop lâche. Un jour, il faudrait vraiment qu'il songe à se faire opérer. Pas pour ne plus gêner Lucienne mais pour pouvoir poursuivre ses rêves en paix.

– Je ronflais fort ?

– Tu imagines un TGV ? Eh bien, c'est une berceuse à côté de toi ! Un tsunami, je te dis !

– Mince alors ! Faudrait peut-être que j'aille consulter, qu'est-ce que t'en penses ?

– Ce que j'en pense, c'est que, si tu ne fais rien, moi, je fais chambre à part ! Ça n'est plus possible de dormir à côté de toi ! D'ailleurs, c'est à toi de bouger. Je ne vois pas pourquoi je quitterais mon lit, moi !

– Bon, j'ai compris : il faut que je déménage ! Ne t'inquiète pas, je prends mon oreiller. J'irai dormir sur le canapé-lit.

Maurice prit son oreiller sous le bras et ouvrit la porte du salon. D'épais rideaux écossais laissaient passer les lumières de la rue. De mauvaise grâce, il se dirigea vers le canapé, qu'il fallait faire basculer pour qu'il s'ouvrît. Il ne trouva pas tout de suite le système mais, finalement, après avoir laissé sa main se promener en-dessous, il vit se lever le matelas plié en deux. C'était un canapé baptisé *clic-clac*, expression probablement choisie par les marchands pour signifier l'aisance d'exécution avec laquelle on pouvait le transformer en lit mais Maurice batailla au moins un quart d'heure avant d'arriver à un résultat. Une fois alité, il s'aperçut que les ressorts lui rentraient dans les côtes mais au moins serait-il en paix et pourrait-il ronfler tout son soûl sans personne pour lui en faire la remarque.

Il s'endormit d'un sommeil lourd, sans rêve, et fut réveillé par des bruits dans la cuisine.

Lucienne s'activait près de la cafetière. Il vit dans l'entrebâillement de la porte sa silhouette maigre couverte d'un peignoir bleu ciel. Ses cheveux étaient toujours emprisonnés dans un filet. Il se demanda quand elle comptait l'enlever et si c'était pour plaire à quelqu'un qu'elle désirait avoir les cheveux frisés.

La bouche pâteuse, il s'assit sur son lit et se frotta le visage. Le souvenir vaporeux de Marilyn persistait dans son esprit comme une image inaccessible et lointaine. Un raté. Voilà ce qu'il était. La journée commençait mal.

Comme tous les matins, il prendrait son café en face de Lucienne. Comme tous les matins, elle lui demanderait s'il avait bien dormi. En ce jour, sa question prendrait d'ailleurs tout son sens. Ensuite, il irait dans la salle de bains se raser, puis il enfilerait son bleu de travail avant de se rendre au garage. Il s'allongerait sous des voitures, visserait des écrous, chercherait à comprendre les pannes, changerait des filtres à air, vidangerait des voitures, accomplirait toutes ces tâches pour lesquelles il avait été formé et les clients seraient contents de lui. Puis il rentrerait chez lui les mains pleines de cambouis et roulerait son bleu dans la machine.

Lucienne rentrerait du supermarché où elle était hôtesse de caisse. Elle ferait cuire des légumes pour la soupe en mettant la télé sur le journal de la une – elle avait insisté pour qu'ils aient une petite télévision dans la cuisine – et elle la regarderait pendant qu'elle préparerait le repas.

Quant à Maurice, une fois frais et propre, il se servirait une petite rasade de pastis et s'installerait dans le canapé, celui où il avait dormi, justement. De la cuisine, elle l'appellerait quand le repas serait prêt et ils mangeraient tous les deux devant le visage lisse de Laurence Ferrari ou celui, plus ironique, de David Pujadas, c'était selon. Comme chaque soir, elle vitupérerait contre les scandales financiers, s'émouvrait des massacres, s'indignerait des erreurs médicales, pesterait contre l'augmentation des prix. C'était bien la peine d'avoir voté, regretterait-elle, la prochaine fois, on ne l'y reprendrait plus.

En manifestant sa mauvaise humeur, elle escomptait entendre Maurice renchérir. Docilement, il obéissait à ce rituel qu'elle avait établi, qui consistait à émettre de concert un point de vue écœuré sur le monde. C'était lors du journal télévisé qu'ils se parlaient le plus. Au fil des années, leur plus grand degré de complicité conjugale s'exerçait le soir, devant l'écran.

Ils ironisaient sur la neutralité des présentateurs qui, selon eux, n'en disaient pas assez. Ils prétendaient en savoir plus que les journalistes les mieux informés et prenaient un vif plaisir à tourner en dérision leur art de la litote. Leurs récriminations devant l'horreur du monde les vengeaient du manque de reconnaissance dont ils souffraient en secret.

Ce soir, Maurice aspirait à une autre sorte de complicité. Il se sentait bizarre depuis qu'il avait ouvert ce livre sur Marilyn. L'envie le prit d'éteindre la télévision mais il n'osa pas. D'ailleurs, que feraient-ils du silence ? Il y avait si longtemps qu'il n'avait pas eu de vraie conversation avec Lucienne. En avait-il envie seulement ? Au moins, parler de la politique ou de l'augmentation des prix, c'était pratique. Ça permettait à chacun de préserver sa liberté et d'aller se coucher en ayant le sentiment qu'on faisait partie du même monde. C'était déjà pas si mal, après trente ans de mariage, de ne pas se disputer en hurlant à mort comme les voisins. Pour le reste, ces territoires brumeux faits de rêves et de regrets, où l'on se dit qu'on aurait pu être quelqu'un d'autre dans une autre vie ou qu'on n'a peut-être pas rencontré la bonne personne, ça ne pouvait pas se partager avec son conjoint sans lui causer de tort.

Le générique du journal prit fin. Les publicités à présent envahissaient l'écran. Lucienne se leva et débarrassa les tasses. Maurice se demandait si elle avait enregistré le manque d'ardeur, inhabituel, avec lequel il avait commenté les actualités. Il y avait des tas de petits faits que lui, Maurice, en tout cas avait enregistrés : la froideur de Lucienne à son égard, son indifférence à se montrer sous son mauvais jour – en peignoir avec des bigoudis sur la tête, par exemple –, sa façon de débarrasser les tasses sans le regarder. C'était comme si une dégradation souterraine était à l'œuvre entre eux, tel un ver qui grignote peu à peu les pages d'un livre.

Après le film, la question du lit se posa. Allait-il dormir dans le lit conjugal ou était-il acquis qu'il dormirait dorénavant dans le clic-clac ?

Maurice aurait aimé partager autre chose qu'une communauté de vues sur la société avec sa femme. Il éprouvait une nostalgie diffuse. Mais de quoi ? Il ne le savait pas exactement. Il rêvait d'une intimité perdue, d'un coudoiement quotidien, de nuits où il se serait abandonné.

Les deux lampes de chevet étaient allumées dans la chambre conjugale. Il en déduisit que, pour Lucienne, la nuit dans le clic-clac n'avait été qu'un épiphénomène sur lequel il était inutile de revenir. Elle attendait visiblement qu'il la rejoigne.

Au bout de quelques minutes, elle lui demanda quand il comptait venir se coucher. Le filet protecteur qui cernait son crâne avait disparu. Les bigoudis avaient modelé des vaguelettes grises que la journée avait commencé à raplatir. Maurice n'aurait su dire dans quelle version il était le moins effrayant de s'allonger à côté d'elle.

– Je me brosse les dents et j'arrive.

Depuis quelque temps, ses phrases consistaient essentiellement en commentaires redondants de ses actions. Il disait par exemple : *Je sors le chien et je reviens, Je mets mon manteau, ça s'est refroidi, Je rentre la voiture, ça risque de geler.*

Quant à Lucienne, ses phrases à elle prenaient le plus souvent la forme de questions qui en réalité étaient des reproches déguisés : *Tu viens te coucher ? Quand est-ce que tu répares la télé ? Tu vas encore au tabac ?*

Ils se lançaient ces mots comme on envoie des balises de détresse, pour ne pas s'avouer leurs solitudes.

Lucienne avait préparé la place occupée par Maurice en tirant le drap de dessus ainsi que la couverture pour laisser apparaître le matelas à son endroit. C'était une invitation à venir auprès d'elle mais il n'entrait pas d'affection dans son geste. Il était juste l'expression d'une habitude.

Maurice se glissa sous le drap dont les lettres *L/M*, brodées en coton rouge, s'entrelaçaient en un seul caractère, souvenir de leurs premières années de mariage. Il regarda le titre du livre que Lucienne lisait. C'était *Les histoires extraordinaires* de Pierre Bellemare. Comme il se sentait un peu coupable, il tenta d'ébaucher un dialogue, dans l'espoir qu'il les rapprocherait :

– C'est bien ce que tu lis ?

– Oh oui ! Je n'arrive pas à décrocher ! Là, ça se passe à Boston. Ça parle d'un tueur en série. Il avait tué cent quarante-quatre femmes. Toutes brunes. Et on ne l'a attrapé qu'au bout de dix ans. Tu te rends compte ?

– Et comment il s'est fait prendre ?

– Oh ! Bêtement, après un contrôle de routine. Les policiers contrôlaient tous les fichiers et on s'est aperçu qu'il était allé en prison pour un attentat aux mœurs sur mineure de douze ans avant. Après on a confronté son ADN avec celui d'un cheveu qu'on avait retrouvé près d'un corps. Son ADN était le même que celui du tueur.

– On a su pourquoi il s'attaquait aux femmes brunes ?

– C'était un enfant de l'Assistance. Il n'avait pas connu son père et sa mère, une jolie brune, était prostituée à Brooklyn. Elle recevait ses clients devant ses yeux quand il était enfant.

C'était drôle, chaque fois que Maurice espérait approcher d'un noyau chaud qu'autrefois il partageait avec elle, Lucienne s'arrangeait pour faire porter la conversation sur des ragots ou des faits divers. Et il disait alors des mots qui l'éloignaient de lui-même.

Maurice aurait pourtant aimé faire partager à Lucienne l'enfance malheureuse de Marilyn. Il aurait aimé lui dire que cette femme le bouleversait avec son air totalement perdu. Il savait bien que Lucienne n'avait pas guéri de ses blessures d'enfance, entre une mère absente et un père tyrannique. Ce n'était pas la peine de faire la maligne. Il aurait aimé que, pour une fois, elle arrête de jeter son acrimonie à la face du monde au lieu de laisser venir les sanglots, qu'elle laisse flotter ses cheveux au lieu de les emprisonner et qu'elle pose sa main sur son épaule au lieu de dresser un mur entre eux. Alors il aurait pu évoquer ses failles à lui aussi, lui dire que, lui aussi, s'était senti mal-aimé. Souvent il avait l'impression qu'on ne le comprenait pas. Il lui aurait demandé si ça lui arrivait aussi. Elle serait allée chercher au fond d'elle et elle l'aurait regardé de ses yeux clairs qui n'avaient pas toujours eu cette froideur d'acier. Il aurait peut-être réussi à les embuer et leurs doigts se seraient emmêlés comme les deux lettres du monogramme sur leur drap de lit. Mais ses espoirs fous étaient vains : Lucienne se servait de son livre comme d'un bouclier pour éviter de parler d'elle.

Leur conversation s'arrêta là.

Maurice ne savait plus quoi dire et, comme Lucienne s'était à nouveau plongée dans son livre, il reprit la biographie de Marilyn là où il l'avait laissée.

Bourrée au whisky, Marilyn parlait avec son ami, l'écrivain Truman Capote. Elle lui disait : « Je passe ma vie à essayer de me trouver. Des millions de gens font comme moi. Mais moi, je suis actrice. Peut-être que mon métier d'actrice est le seul moyen que j'ai trouvé pour me chercher ». Maurice aussi se demandait qui il était vraiment. Il y avait des jours où il aurait bien délaissé son bleu de travail pour caresser la terre imbibée de rosée et marcher dans la lumière jaune des blés. La différence entre Marilyn et lui, c'est que personne ne voyait qu'il était désespéré. À cause des vapeurs de l'essence et de la noirceur de ses ongles, personne ne soupçonnait qu'un homme comme lui pût s'interroger sur son destin quand il était allongé sous le ventre d'une voiture. Le désespoir de Marilyn, lui, filtrait à travers ses rires et transperçait l'écran.

Il lut que, sur le tournage des *Désaxés*, son dernier film, le chef opérateur s'était plaint au producteur qu'il ne pouvait plus la filmer parce que ses yeux étaient absents. Elle arrivait en retard au risque de mettre en péril toute une équipe, elle tenait à coups de drogue, elle butait sur son texte, mais, à l'écran, Marilyn étincelait comme personne, et, pour cette blancheur unique, pour la fragilité qui perçait sous son sourire, les metteurs en scène étaient prêts à tout. On lui pardonnait ses caprices, on déposait des millions de dollars à ses pieds, juste pour ces quelques minutes où elle apparaissait criante d'humanité. Maurice admirait son intégrité. Elle n'était pas corrompue et superficielle comme les autres acteurs de Hollywood. Il aurait voulu prendre un mégaphone en plein tournage pour crier à tous ces gens à quel point elle était unique. S'il avait connu Clark Gable, il lui aurait dit de la serrer dans ses bras et de lui susurrer à l'oreille « ma petite fille chérie », quand il était encore temps.

Il était deux heures du matin. Maurice ne s'était pas aperçu que Lucienne avait éteint la lumière. Comme le sommeil le gagnait, il posa la biographie de Marilyn qu'il avait dévorée d'une traite et finit par éteindre à son tour.

Il roulait sur une route déserte avec à ses côtés une femme dont il ne voyait que les boucles de cheveux blonds. Une écharpe de mousseline recouvrait la moitié de son visage et s'envolait en longues traînées orangées dans le soleil californien. Sa robe d'été laissait voir ses bras nus. Elle avait une peau d'une blancheur presque translucide et elle se tournait de temps à autre vers lui en souriant. Ses lèvres brillaient comme de la nacre. Il mourait d'envie d'y déposer un baiser. De part et d'autre de la route, on avait dressé de fausses façades pour reconstituer une ville. Malgré ce décor factice, Maurice se demandait s'il jouait dans un film car les sentiments qu'il éprouvait pour sa passagère étaient bien réels. Autour d'eux, le paysage défilait, mais Maurice se rendit compte au bout d'un moment que leur voiture faisait du surplace. On attendait de lui qu'il joue un rôle mais il n'en connaissait pas le texte. Tout à coup, ce fut l'accident : telle celle d'Isadora Duncan, l'écharpe de sa passagère se prit dans ses roues et la jeune femme exhala un dernier râle avant d'être étranglée. Réalité et fiction se mêlaient. Les décors s'effondrèrent dans un bruit de barre d'immeubles qui explose, comme si la mort de la jeune femme avait mis fin au film.

Maurice se réveilla, haletant, et la gorge sèche. Lucienne, un oreiller sur les oreilles, criait, furieuse :

– Maurice, ça n'est plus possible ! Je ne peux plus dormir avec toi ! Je me lève à sept heures, moi ! J'ai besoin de dormir ! Alors maintenant, tu vas dormir dans le canapé-lit !

Cette fois, il fallait que Maurice se rende à l'évidence : soit il passerait dorénavant toutes ses nuits dans le canapé-lit, soit il se ferait opérer.

Piteux, sans dire un mot, il se dirigea vers le salon, son oreiller sous le bras. Cette fois, il connaissait l'astuce pour ouvrir le canapé et, en moins de trois minutes, il s'était glissé dans ce qui était devenu un lit. Comme la nuit précédente, son sommeil fut sans rêve. À son grand regret, il ne put faire revenir à la vie celle qui n'était autre que Marilyn.

Le lendemain, il fut à nouveau réveillé par les bruits de vaisselle encore plus forts que la fois dernière. Lucienne ne se gênait pas pour montrer son mécontentement : elle ouvrait le lave-vaisselle, rangeait les couverts et posait les bols sur la table en faisant ostensiblement du bruit. Le fait d'avoir été réveillée l'avait rendue de mauvaise humeur.

– Tiens ! Le café est prêt, lui dit-elle en le voyant arriver, la démarche lente et la tête ébouriffée.

– Merci, Lucienne. J'ai encore ronflé cette nuit ?

– C'était apocalyptique. Écoute, Maurice, pour notre santé à tous les deux, je crois qu'il va falloir que tu consultes d'urgence. Moi, ça m'ennuie que tu dormes dans le canapé. Si tu veux dormir dans le lit, c'est ce que je te conseille.

– Tu as raison. Aujourd'hui, je téléphone à l'hôpital au service d'oto-rhino-laryngologie.

Au fond, Maurice ne savait pas trop ce qu'il voulait : quand il était allongé à côté de Lucienne, il rêvait de Marilyn, ce qui l'enchantait mais dérangeait Lucienne et, quand il dormait tout seul, Lucienne n'était pas dérangée mais ses nuits étaient sans rêves. L'idéal eût été de pouvoir continuer à dormir à côté de Lucienne et rêver de Marilyn sans la déranger. Et puis, il était désireux de savoir comment Marilyn l'aurait aimé, si seulement ces satanés ronflements n'avaient chaque fois interrompu ses rêves. Une crainte l'effleura cependant : s'il ne ronflait plus, continuerait-il à rêver de Marilyn, puisqu'il semblait qu'il ne rêvât d'elle que lorsqu'il ronflait ?

En mari consciencieux, il téléphona le jour même à l'hôpital Saint-Antoine. Il prit rendez-vous pour une consultation au service du célèbre Professeur Chuint. Un nom pareil, ça vous prédestinait. Maurice se demanda si le professeur avait choisi cette spécialité à cause de son nom ou s'il s'était affublé de ce nom pour donner à ses patients la promesse implicite qu'il adoucirait leurs ronflements jusqu'à ce qu'ils ne ressemblent plus qu'à un léger chuintement de vapeur, une sorte de bruit continu et assourdi qui ne gênerait pas le sommeil.

La secrétaire l'informa qu'il n'obtiendrait pas de rendez-vous avant trois mois car, lui dit-elle, la place était chère. Un tel délai laissa Maurice rêveur : combien de drames conjugaux identiques au sien se jouaient dans les chambres ?

Trois mois passèrent pendant lesquels Maurice dormit chaque nuit dans le canapé-lit. Lucienne avait les joues plus roses et les traits plus détendus. Elle fit preuve de bonne grâce et lui épargna les bruits de vaisselle le matin. Parfois, elle poussait la courtoisie jusqu'à attendre qu'il réagît avant de démarrer ses commentaires devant le journal de vingt heures. Leurs rapports n'avaient jamais été aussi affables.

Pourtant, Maurice cachait une désespérance vague. C'est qu'il ne rêvait plus de Marilyn. Il regardait avec nostalgie les photos d'elle en noir et blanc où son sourire trahissait sa lassitude de vivre. Innocente et perdue, son corps nu enroulé dans un drap blanc, elle avait l'air déçu qu'il ne soit pas venu la rejoindre en traversant le monde des rêves. Mais, confiné dans son clic-clac, Maurice n'arrivait pas à se souvenir de ses rêves.

Le jour prévu, il se rendit à sa consultation. L'hôpital Saint-Antoine était pionnier en matière de traitement de la rhonchopathie.

Dans la salle d'attente, une dizaine d'hommes bedonnants se regardaient du coin de l'œil. Maurice pensa à l'aubade que donneraient ces patients si un événement exceptionnel les contraignait à dormir dans la même pièce. Il voyait leurs lippes pendantes, leurs mentons boursouflés, leurs ventres relâchés et partageait avec eux une fraternité honteuse. De ces appendices nasaux dont certains ressemblaient à des groins dilatés, de ces gorges écarlates réprimant difficilement des amygdales gonflées, des luettes trop lâches ou des langues trop épaisses, devaient jaillir de somptueux cataclysmes sonores, des tremblements de terre dévastateurs, de formidables vrombissements. Ces âmes damnées étaient réunies dans l'antichambre de l'Enfer sous l'impulsion probable de leurs épouses excédées.

– Monsieur Maurice Pautard! lança un homme en blouse blanche apparu derrière une porte.

C'était le Professeur Chuint en personne. Il parlait à voix basse comme si, au cours de sa carrière, il avait entendu trop de décibels. Son physique décharné était une façon de critiquer les bouffissures aperçues dans la salle d'attente. Maurice se demanda s'il connaissait la torture d'être réveillé en plein sommeil par un bruit de métro souterrain et s'il avait déjà subi des avalanches nocturnes de reproches conjugaux.

– Entrez, dit-il en désignant un bureau garni d'un fauteuil pivotant.

Résigné devant la fatalité qui avait une fois de plus amené ce patient à le consulter, le Professeur Chuint demanda à Maurice son âge, sa profession et sa situation familiale, puis le pria de s'asseoir sur le fauteuil pivotant.

– Alors, je suppose que c'est votre femme qui vous envoie? lui dit-il d'une voix lasse tout en fouillant dans sa bouche. Tirez la langue!... Je vois: vos amygdales et votre langue sont volumineuses et les tissus mous sont relâchés. Regardons votre nez maintenant.

Sur ces mots, il se saisit d'une sorte de pince qu'il enfouit dans les narines de Maurice et qu'il écarta une fois qu'elle fut à l'intérieur de son nez.

– Eh bien, vous avez également les voies nasales congestionnées. La totale, quoi! Bon. Vous passez à côté? Nous allons décider du traitement à suivre.

Il écrivit quelques mots sur une ordonnance, puis se pencha en arrière pour brosser à Maurice un tableau de sa situation:

– Voyez-vous, les causes du ronflement sont en général multifactorielles. Chez certaines personnes, un simple régime amaigrissant et l'arrêt du tabac suffisent à le diminuer. Mais, dans votre cas, il y a plusieurs raisons à vos ronflements: d'une part, vous avez des amygdales volumineuses, qu'il faudra enlever. On profitera d'ailleurs de l'occasion pour ôter une partie de votre voile du palais et de votre luette car, avec l'âge, vos tissus mous se sont relâchés, et nous éradiquerons les tissus en excès pour élargir votre espace aérien.

Il poursuivit en se grattant la tête :

– Votre langue est épaisse, ce qui empêche également l'air de passer mais, ça, je ne peux pas vous l'enlever !

Chuint planta ses yeux dans ceux de Maurice, qui ne savait pas s'il le fixait dans l'intention de lui paraître grave ou drôle. Confus d'accumuler tant de disgrâces, il baissa les siens.

– Tout cela se fera sous anesthésie générale. Le séjour à l'hôpital est d'un à deux jours et il est suivi d'une période de convalescence d'une à deux semaines. Je ne vous cache pas que l'opération est parfois un peu douloureuse, mais elle est efficace dans les deux tiers des cas. Ça vaut le coup, non ? En ce qui vous concerne, elle est tout indiquée car, le risque, si nous ne faisons rien, c'est que vous souffriez d'apnées du sommeil et vous savez qu'une apnée, c'est un arrêt de la respiration. Vous avez mal à la tête le matin ou envie d'uriner pendant la nuit ? Vous vous réveillez plusieurs fois par nuit ?

Maurice repensait à ses nuits aux côtés de Lucienne :

– Ça m'arrive, oui.

– Alors, attention, il est possible que vous ayez des apnées du sommeil : votre respiration s'arrête alors pendant dix à trente secondes, et ce, plusieurs fois par nuit, ce qui a pour effet que votre cerveau est mal oxygéné. Cela peut être dangereux. Mais, rassurez-vous, nous avons le moyen de vous éviter cette prise de risque.

Un moment, Maurice crut entendre un agent de la Gestapo : « *Nous avons le moyen de vous faire parler.* » et il en conçut une peur irraisonnée à l'égard du chirurgien.

Chuint poursuivit, brusquement assoiffé de poésie :

– Vous savez, tout n'est qu'une question de civilisation. Chez nous, le ronflement est considéré comme méprisable mais les Chinois, eux, le considèrent comme un signe de bonne santé. Enfin, si votre entourage en est gêné, nous allons agir. On ne se doute pas des drames qui se jouent dans des millions de foyers. Songez qu'un ronflement moyen atteint facilement un niveau sonore de quarante-cinq à soixante décibels – le bruit d'une voix –, tandis qu'un ronflement majeur peut dépasser les quatre-vingt-quinze décibels, ce qui correspond au bruit du passage d'un camion !

Le professeur se leva et se mit à aller et venir en élevant de temps à autre ses mains vers le ciel pour donner à son discours une tonalité théâtrale :

– Songez à tout ce qui vous sera épargné avec une opération ! Vous n'aurez pas à supporter la balle de tennis dans le dos du pyjama ou le tee-shirt anti-ronflement pouvant contenir trois balles de tennis ou encore les bracelets à piles qui réagissent au son et émettent une vibration provoquant le réveil. Je ne vous prescrirai pas non plus ces oreillers anti-ronflement récemment inventés pour enrichir les pharmaciens et qui font soi-disant mieux respirer en permettant un allongement du cou. Vous avez peut-être aussi entendu parler de la bandelette nasale qu'on applique sur la peau du nez et qui, en y adhérant grâce à une partie adhésive, augmente l'ouverture des narines et permet de ne plus respirer par la bouche. Il vous faudrait une quinzaine de nuits pour réapprendre à respirer par le nez !

Devant le tableau de tout ce à quoi il échappait, Maurice était prêt à signer n'importe quoi.

L'opération eut lieu un vendredi. La résection des tissus mous lui donna une sensation de légèreté immédiate. Mais Maurice redoutait l'épreuve de vérité qui l'attendait à sa sortie de l'hôpital.

Le soir venu, Lucienne, qui n'avait pas mis de filet autour de ses cheveux, l'attendait dans le lit. Sa place était prête, le monogramme rouge scellait romantiquement le drap qui avait peut-être connu des générations de ronfleurs.

Ayant achevé le tome I des *Histoires extraordinaires*, elle attaquait avidement le second.

Avec une excitation un peu étrange, elle lui fit part d'un matricide effroyable qui avait tenu la ville de Nantes en haleine. Sa voix enfiévrée trahissait l'appréhension qu'elle sentait monter en elle à l'idée d'éteindre la lumière. Maurice n'était guère plus tranquille. Sa lampe de chevet diffusait une douce lumière et, quand il baissa les yeux vers le sol, il vit la couverture de son livre briller.

Il se baissa pour le prendre et le feuilleta, comme on feuillette un livre d'images à toute vitesse pour se donner l'illusion de voir un film. Marilyn dansait, se mouvait dans des voiles vaporeux, clignait de l'œil, lui envoyait un baiser. Il laissait s'infuser dans son crâne ces images désordonnées qui formaient un film lent et muet dont il était le spectateur fasciné. Enrobée d'une lumière surnaturelle, elle lui tendait les bras. Il allait venir à son secours et la libérer du livre où elle était enfermée. Les images successives de Marilyn apparaissaient tronquées comme sur des bobines fatiguées, abîmées par le temps. Un peu de patience. La nuit venait… Et, loin des voix des présentateurs, loin des nuits qui succèdent aux jours, loin des conversations creuses, Marilyn lui ouvrirait la porte d'un infini qu'il ne connaissait pas encore. Leurs esprits meurtris par l'incompréhension du monde s'envoleraient par-delà son lit. Par-delà les années, par-delà les cris, par-delà les déchirures, par-delà l'odeur de l'essence, par-delà les salissures honteuses, Maurice vivrait avec Marilyn le film de leur vie sur une pellicule inaccessible.

Il s'endormit sans s'en rendre compte.

Dans une salle de cinéma aux fauteuils en velours rouge usé, Maurice prit place juste derrière l'unique spectatrice, assise au premier rang. Elle portait un foulard en soie et riait de temps en temps devant un film en noir et blanc dépourvu de bande-son. Sur l'écran, Marilyn se tenait debout devant un homme. Il portait une fine moustache et se penchait vers elle. Tout en le regardant, elle laissa choir sa robe sur le sol. Sa peau n'était plus couverte que par la fine pellicule d'un caraco de satin et la gaze d'un jupon. Derrière le voilage d'une fenêtre, une lumière laiteuse tombait sur ses épaules. Soudain, l'œil impitoyable d'une caméra occupa tout l'écran.

– Alors, le texte? Le texte? hurlait la voix furieuse d'un metteur en scène.

Paniquée, Marilyn se mit à marcher en tous sens comme l'aiguille d'une boussole affolée. Le générique du film défila. Son titre était: *L'impossible mère.*

Maurice regardait la nuque de la femme. Elle se tenait toujours droite mais il avait noté un imperceptible mouvement au moment où l'actrice semblait terrifiée. Quand la salle se ralluma, l'unique spectatrice qui était venue voir le film tourna lentement sa tête vers celui dont elle avait deviné la présence et qu'elle avait si longtemps attendu. Elle pencha vers lui son visage que deux sillons luisants avaient recouvert. Soudain, le plancher se déroba sous leurs pieds. Les murs du cinéma se craquelèrent, les cintres s'écroulèrent. Le sol tremblait sous l'effet de secousses de plus en plus rapprochées surgissant des profondeurs de la terre.

Maurice se réveilla en suffoquant. Il comprit aussitôt qu'il faisait partie du tiers des patients pour qui l'opération échouait. Lucienne, réveillée en sursaut, le poussait du coude violemment.

– Bon, eh bien, ça n'a pas marché, apparemment, ton opération. C'était bien la peine de souffrir pour rien ! Tu me laisses dormir et on en parle demain ?

– Oui, Lucienne. Le professeur m'avait bien dit que le résultat n'était pas garanti. Rendors-toi. Je vais à côté.

La mort dans l'âme, Maurice déversa sa colère sur le clic-clac qui, rebelle à la transformation, maintenait son désespérant aspect de canapé. Il tira avec rage sur l'armature de fer qu'il força, puis, échouant à obtenir un lit, il se jeta sur son oreiller et pleura sans discontinuer. Le visage trempé de larmes, il s'endormit comme un enfant.

Il planait au-dessus des mers, survolait des océans et des vallées verdoyantes sans voir qu'une ombre légère avait obscurci son oreiller. Penché au-dessus de lui, le beau visage également baigné de larmes de Marilyn regardait dormir Maurice en souriant.

La remplaçante

L'institution Saint-Adjutor découpait sa silhouette massive en haut d'une colline qui dominait la Seine. Le bâtiment central abritait des pensionnaires que, chaque lundi matin, des familles aisées de la région parisienne déposaient avec un soulagement impuissant. Deux tourelles encadraient l'édifice de chaque côté, lui donnant une allure de château de Walt Disney. Les mouettes, après avoir survolé la mer, aimaient s'y poser. On voyait de loin leur vol élégant s'éployer sur le ciel blanc avant qu'elles ne s'agglutinent pour former des groupes cancaniers sur les rebords des fenêtres.

Des extensions modernes avaient été rajoutées dans le parc pour accueillir des collégiens et des lycéens de plus en plus nombreux depuis que l'établissement était passé sous contrat. Avec ses colombages et ses balcons blancs dont le bois s'écaillait, l'établissement ressemblait à un pensionnat chic d'une station balnéaire anglaise.

La première fois que Clotilde s'était présentée pour un entretien avec le directeur, le caractère imposant de l'institution l'avait impressionnée. Un vaste escalier de pierre accueillait les visiteurs. Il débouchait sur un hall sombre dont les murs étaient lambrissés de boiseries en acajou. Au milieu, trônait une imposante table en chêne massif, cernée de chaises à hauts dossiers en bois ouvragé. Certains détails trahissaient la vétusté du lieu, comme l'odeur de moisi qui flottait dans l'air ou le papier peint qui s'écornait par endroits.

Des revues étaient posées sur la table à l'intention des parents. Clotilde parcourut les couvertures et leurs titres, qui lui rappelaient ce monde vers lequel elle ne voulait pas aller : *La mission de l'enseignement catholique : accueillir le Christ en chacun de nous* ou *Les XXVI*[e] *J.M.J. : le chemin de la Foi.* Quelle que soit la date – certaines revues remontaient à dix ans en arrière – l'éditorial était invariablement illustré par la figure bonhomme d'un ecclésiastique dont le patronyme sévère démentait l'apparente mansuétude. Monseigneur Guillotin – c'était son nom – pratiquait un discours d'ouverture et de tolérance, évoquait Internet et ses dangers, mais son nom seul suffisait à décourager tous ceux qui se seraient crus autorisés à semer la pagaille dans l'établissement.

Une porte s'ouvrit puis une secrétaire aux joues couperosées vint l'avertir que Monsieur de Baecker pouvait la recevoir.

Derrière son bureau en bois laqué recouvert d'un sous-main en moleskine noire, le directeur se leva pour lui serrer la main. Il ressemblait étonnamment à la photographie de Monseigneur Guillotin. À croire que c'était lui qui signait l'éditorial et s'était doté de ce pseudonyme effrayant. Un courant électrique parcourut l'échine de Clotilde quand elle se trouva devant cet homme grassouillet. Elle allait devoir tenir un rôle de composition. Le rôle d'une enseignante dévouée et croyante :

– Mademoiselle Delafosse, asseyez-vous, je vous en prie. Alors, je viens de parcourir votre CV Je vois que vous avez, en plus de votre CAPES une maîtrise de lettres classiques. Je vous en félicite. J'ai moi-même suivi des études de latin et de grec. Malheureusement, je ne peux vous proposer qu'un poste en français. Eh oui, les temps sont difficiles et bien peu d'élèves aujourd'hui veulent étudier ces langues mortes. Je vois que vous avez effectué un remplacement dans une classe de seconde au lycée Jeanne d'Arc d'Antony. Pouvez-vous me parler un peu de cette première expérience d'enseignement ?

– Eh bien, c'était en effet ma première expérience. J'avais des classes hétérogènes mais, dans l'ensemble, et grâce au soutien de mes collègues, j'ai réussi à obtenir des résultats encourageants. Je remplaçais un professeur de français-latin, et, à ma grande fierté, un certain nombre d'élèves était d'accord pour suivre des cours de grec l'année suivante.

– Vous avez rencontré des problèmes de discipline ?

Clotilde savait très bien qu'avant de la recevoir, monsieur de Baecker avait téléphoné à son homologue du lycée Jeanne d'Arc. Elle avait eu le temps d'apercevoir sur sa fiche d'appréciation les mots de son ancien directeur écrits en pattes de mouche : *Professeur à faible autorité mais douée d'une grande culture générale. Des problèmes de discipline qui devraient se résorber avec l'expérience.*

Nier qu'elle s'était heurtée à des difficultés n'aurait pas été très malin.

– Eh bien, pour être honnête, mon remplacement a été assez difficile au début. Les élèves, comme je vous l'ai dit, possédaient des niveaux très divers mais, par la suite, j'ai bénéficié des conseils d'une collègue expérimentée et j'ai senti que je gagnais de jour en jour de l'assurance. En tout cas, j'aime profondément enseigner ma matière.

Clotilde se doutait, à sa façon de plisser les yeux, que de Baecker ne la croyait pas. On sait bien qu'un professeur qui ne se fait pas respecter dès le début peut considérer son année comme fichue.

– Et, comment procédez-vous ?

Elle comprit que ce qu'attendait monsieur de Baecker, c'était qu'elle lui démontre sa connaissance des Instructions Officielles. Cette fois, il voulait vérifier son observance du jargon pédagogique en cours.

– Je travaille par séquences, bien sûr.

Le « bien sûr » était peut-être en trop, se demandait Clotilde. Il traduisait son allégeance aux circulaires ministérielles, or, de Baecker était peut-être quelqu'un à apprécier l'esprit critique.

– C'est-à-dire ? lui demanda-t-il en plissant un peu plus les yeux.

Elle connaissait son catéchisme :

– Eh bien, j'organise mon enseignement par thèmes. Je ne fais pas de la grammaire pour faire de la grammaire mais pour servir l'expression écrite et la lecture. Chacune de mes séances répond à un objectif particulier qui sert l'objectif général de la séquence.

Elle se repaissait du mot « objectif » et prenait soin de dire « séance » au lieu de « cours » et « séquence » au lieu de « thème ». Il s'agissait de montrer qu'elle était une enseignante moderne, formée au galimatias de l'Éducation nationale. Elle le faisait avec répugnance mais, si elle voulait obtenir ce poste, elle devait passer par ce genre de compromissions.

De Baecker hochait la tête. Avec sa pipe qui pendait de ses lèvres fines, on aurait dit le commissaire Maigret.

– Pourquoi avoir choisi d'enseigner dans le privé catholique ?

Clotilde pria pour qu'il ne voulût pas tester ses connaissances religieuses car c'était là son point faible. Monsieur de Baecker n'était pas dupe : la plupart des candidats à des postes d'enseignement dans les établissements catholiques sont plus guidés par la recherche de leur confort personnel que par une foi ardente. Si elle entrait dans ce genre d'établissement, en effet, elle avait l'assurance d'enseigner à un auditoire moins difficile et, en principe, moins enclin à l'insubordination. Peut-être voulait-il le lui entendre dire. Peut-être recherchait-il un esprit libre et impertinent.

Les yeux de de Baecker n'étaient plus que des fentes. Il semblait curieux d'entendre ses justifications.

Clotilde choisit le mensonge éhonté :

– J'ai reçu une éducation catholique et je suis moi-même catholique. Si je souhaite enseigner dans un établissement catholique, c'est parce qu'on y respecte la dimension humaine de la personne. Et, au-delà de ma matière, c'est le message du Christ que je voudrais faire partager aux enfants.

Elle se demanda si elle n'en faisait pas un peu trop. De Baecker n'avait pas forcément envie de compter une grenouille de bénitier dans ses rangs. En tout cas, elle risquait un pari dangereux : il pouvait avoir envie de contrôler sa prétendue piété. Or, il valait mieux qu'il ne s'enquît pas trop de ses lumières sur Vatican II ou le concile de Trente. S'il était resté de ses années de catéchisme des mots comme « Pentecôte » ou « Ascension », Clotilde aurait été bien incapable d'en expliquer la signification. Ces fêtes lui évoquaient davantage des opportunités de week-ends prolongés que des miracles destinés à prouver l'existence de Dieu.

Il resta silencieux tout en parcourant son CV puis conclut avec aménité :

– Je ne vous cache pas que vous êtes notre seule candidate. Vous avez le CAPES, vous êtes donc prioritaire. Je n'ai pas de raison de vous refuser ce poste. Vous aurez dès lundi les classes de quatrième C et D et la classe de cinquième B. Voyez avec madame Martinelli pour les manuels. Je vous souhaite la bienvenue dans notre établissement, Mademoiselle Delafosse.

Il se leva en tendant à nouveau sa main moite où Clotilde vit briller une chevalière.

Elle esquissa un sourire et partit dans un froissement d'imperméable. Tout s'était passé très vite. Elle n'en revenait pas d'avoir endossé aussi rapidement la peau d'une professeur de français. Il suffisait d'un entretien de cinq minutes habilement mené et hop ! on basculait de l'insouciance à une vie de responsabilités.

Clotilde était à cet âge incertain où l'on peine à quitter l'indolence de l'enfance mais où une main invisible vous pousse, d'une bourrade dans le dos, à aller de l'avant. Elle devrait s'habituer à exercer cette profession que ses parents avaient voulue pour elle mais dont elle ignorait tout.

Quand elle reprit la route qui descendait vers la Seine, elle se retourna pour observer le château flanqué de ses deux tourelles. Se détachant sur le ciel obscurci par les nuages, il ressemblait à un géant qui aurait menacé les habitants de la vallée. Tout à coup, elle se demanda si elle ne s'était pas précipitée un peu vite dans son antre. En s'y rendant jour après jour, n'allait-elle pas finir par s'y faire dévorer ?

Sa peur se doubla de honte : elle repensait au ton servile dont elle avait usé pour plaire au directeur et la voix doucereuse qui était sortie de sa bouche malgré elle, lui répugna. Elle avait rampé devant ce Tartuffe bagué et libidineux dans l'unique but d'exercer une profession pour laquelle elle ne s'estimait pas faite. Elle croiserait des collègues qu'elle n'avait pas envie de connaître, elle évoluerait dans un univers qu'elle trouvait haïssable. Tout ça à cause de ce fichu concours qu'elle avait passé par désœuvrement, et qu'elle avait eu le malheur de réussir.

Depuis cette journée d'entretien, dix ans s'étaient écoulés. Et chaque jour, pendant ces dix ans, Clotilde était entrée à reculons dans les salles de classe.

Sa première année avait été catastrophique. Les filles avaient toutes des têtes de chipies. Elles s'envoyaient des mots griffonnés à l'encre bleu turquoise dans une écriture dilatée, bourrée de fautes d'orthographe, et la regardaient en pouffant ou en la bravant d'un air insolent. Elle était obligée de crier pour couvrir les voix. Des avions en papier volaient d'un angle à l'autre de la salle.

Les garçons étaient plus physiques : ils se levaient, s'interpellaient ou réglaient leurs comptes en se frappant. Parfois, elle en retrouvait sous son bureau. Quand elle parlait, personne ne l'écoutait et Clotilde assistait, impuissante, au phénomène. Pour ne pas provoquer l'anarchie derrière son dos, elle avait fini par s'abstenir d'écrire au tableau.

Le soir, quand elle se déshabillait, elle découvrait des taches d'encre sur son chemisier. Avec désespoir, elle regardait cette pluie de points bleus ou noirs qui marquait son incompétence et depuis, elle ne mettait plus que des vêtements qu'elle n'aimait pas. Ses habits préférés restaient au placard après qu'une veste en soie et viscose beige qu'elle adorait en eut été maculée.

Mais, parmi les raisons de son échec à se faire respecter, il y avait la perception confuse chez ses élèves que quelque chose faisait barrage à sa crédibilité. Clotilde, en effet, acceptait cet enfer, parce qu'elle était persuadée de son caractère provisoire. Elle était animée par la croyance éperdue que des événements interviendraient tôt ou tard pour la sortir de cette impasse : elle monterait une librairie-salon de thé, par exemple, ou elle rencontrerait un homme à la situation avantageuse qui lui permettrait de renouer avec sa passion de jeunesse, le violon. Sa croyance aveugle en un avenir meilleur expliquait son inertie devant le chahut généralisé qui commençait à s'organiser dès son arrivée en classe.

En somme, elle ne croyait pas à ce qu'elle faisait et, même si tous ses efforts tendaient à le masquer, les élèves le sentaient.

La voiture lui servait de sas de décompression. Un trajet assez long la séparait du collège. Cela lui permettait de se détendre avant de rentrer chez elle. Dès qu'elle s'était installée dans l'habitacle, elle allumait la radio dans l'espoir de se réconcilier avec le monde et retrouvait peu à peu son calme intérieur. Elle écoutait le ton plein de componction de France Inter mais, si elle estimait que le stress de l'actualité favorisait l'oubli de ses humiliations, elle se calait sur Europe1. Les animateurs de radio ne savent pas à quel point ils jouent un rôle primordial dans la santé mentale des travailleurs.

Tout en roulant sur l'autoroute, Clotilde se demandait combien se lavaient des brimades de la journée parmi ces conducteurs esseulés, reliés au monde par leurs seules antennes de radio. Grâce aux voix chaudes des animateurs, avoir des rapports humains acceptables redevenait envisageable.

Malgré les recettes dispensées par ses lectures et les stages payés par l'Éducation nationale, elle n'arrivait toujours pas, après cinq ans d'enseignement, à égaler certains collègues qui faisaient cours sans qu'on entendît une mouche voler. Leur capacité à se faire obéir la fascinait. Par quel mystère les élèves se mettaient-ils debout et cessaient-ils tout bavardage dès qu'ils apparaissaient à la porte ?

Parfois, elle écoutait derrière la cloison et ce qu'elle entendait la plongeait dans la perplexité : elle ne captait que de grandes étendues de silence interrompues par des raclements de gorge ou des consignes sèchement données.

Clotilde découvrit que ses collègues, qu'elle avait placés sur un piédestal, étaient tout sauf de brillants esprits. Ce fut pour elle une révélation et sa première étape vers une compréhension de sa profession : les élèves n'attendaient pas une parole renversante, ils demandaient juste à être encadrés. Elle comprit qu'à cet âge tiraillé par toutes sortes de conflits internes, exécuter des ordres idiots rassurait les élèves : « Sortez vos cahiers. Vous soulignerez les verbes en rouge, les noms en vert ». C'étaient des ordres simples qu'ils pouvaient appliquer facilement. Ce qu'ils demandaient, c'était simplement de passer du temps à faire quelque chose, même de très bête, n'importe quelle activité qui leur fît oublier l'incertitude de l'avenir ou la précarité de leurs succès amoureux.

Dix années passèrent sans que la vie de Clotilde eût changé de direction : monter une librairie exigeait des fonds et l'homme providentiel tardait à venir.

Au bout de dix ans, elle était devenue un professeur passable, c'est-à-dire quelqu'un qui a renoncé à ses aspirations profondes et consacre les trois quarts de son cours à laisser les élèves sortir leurs trousses et leurs stylos et à ouvrir leurs livres à la bonne page.

C'est à ce stade de sa réflexion que survint l'accident.

Alors qu'elle roulait sur une route mal éclairée, une voiture brûla un stop à sa droite. Dans un fracas de tôles, elle perçut une vive douleur à la jambe droite puis s'évanouit. À son réveil, elle était alitée dans une chambre d'hôpital, la jambe bandée du genou aux orteils. De multiples fractures furent diagnostiquées et on lui prescrivit un arrêt de trois mois.

Le lendemain, elle téléphona au collège pour informer l'administration de son absence. La secrétaire lui passa le directeur. La voix mielleuse de monsieur de Baecker retentit dans l'appareil. Tout à coup, Clotilde se sentit ridicule de lui annoncer qu'elle avait eu un accident.

– Mademoiselle Delafosse !

Il prononça son nom comme si c'était la meilleure nouvelle qu'il eût entendue depuis des années. Clotilde trouva cet enthousiasme exagéré car elle était sûre qu'à moins d'être totalement aveuglé, il ne pouvait être dupe de ses compétences.

– Bonjour, mademoiselle.

C'était un bonjour très long, sirupeux, d'une affabilité exagérée. Elle l'imaginait regardant ses mains moites de l'autre côté du combiné.

– Bonjour, monsieur de Baecker. Je suppose que Madame Martinelli vous a informé de ma situation.

– Oui… Ma pauvre !

Clotilde n'arrivait pas à croire à sa compassion. Cette expression d'apitoiement lui semblait excessive et l'utilisation du possessif « ma » impliquait un rapprochement qu'elle repoussait de toutes ses fibres.

Comme il n'en disait pas plus, elle supposa qu'il attendait d'elle qu'elle développe les circonstances de son accident. De Baecker avait une habitude de jésuite : il installait de longues plages de silence après ses mots. Sans doute était-ce pour faire croire à son interlocuteur qu'il dirigeait la conversation. Mais c'était avant tout par prudence stratégique : laisser l'autre parler lui évitait de débiter des erreurs sur son compte.

Devant le vide qui suivit sa réplique, Clotilde poursuivit :

– J'ai eu un accident. Une voiture a brûlé un stop et m'a percutée sur ma droite. J'ai plusieurs fractures à la jambe droite et le médecin m'a arrêtée pour trois mois.

– Et... vous avez été opérée ?

Elle imaginait les joues de de Baecker trembloter et la gélatine de son menton osciller pendant qu'il parlait.

– Oui. J'ai des broches un peu partout dans la jambe. Et des vis.

Quel besoin avait-elle eu de parler des vis ? L'allusion aux broches était suffisante pour comprendre qu'elle était dans une sale posture. Ce n'était pas la peine d'en rajouter. Mais l'économie de mots dont usait sadiquement son directeur l'avait toujours mise mal à l'aise. Elle ne pouvait s'empêcher de l'attribuer au mécontentement qu'elle lui avait causé. Cela lui paraissait impossible qu'aucun parent n'eût téléphoné par le passé pour évoquer les jets de boulettes en papier lancés dans ses cours. Quand il s'était inquiété en salle des professeurs des défections d'inscriptions en sixième, elle s'était sentie visée. Jusqu'à quand garderait-il une professeur aussi pitoyable ? Elle avait dû le mettre dans des situations embarrassantes. Les parents lui avaient certainement demandé d'agir et il avait dû leur répondre qu'il n'avait pas le pouvoir de la renvoyer car seul l'Inspecteur était habilité à juger de ses compétences. Tout ce qu'il pouvait faire, c'était montrer aux parents qu'il ne la cautionnait pas. De fait, en dix ans, elle n'avait jamais été nommée professeur principal.

Cependant, toujours fidèle à sa fourberie, chaque fois qu'il la croisait, il manifestait un intérêt poli pour sa personne sans faire une allusion à son manque d'autorité ni un seul reproche.

Dans la salle des professeurs, il leur arrivait de partager des rires, voire des complicités au sujet de certains élèves ou de spécimens de parents. Mais elle avait appris à ne pas juger des dispositions dans lesquelles il était à son égard à l'aune de la familiarité qu'il lui prodiguait. Monsieur de Baecker faisait partie de ces employeurs qui pouvaient vous faire des confidences sur le ton le plus badin un jour et vous ignorer parfaitement le lendemain. C'était une forme d'humiliation insidieuse et rampante, pire qu'une remontrance : en la traitant avec cette amabilité de surface, il lui manifestait en réalité son dédain. D'incompétente, elle était devenue insignifiante. Il ne valait même pas la peine qu'on se fâchât contre elle.

– Bon. Eh bien, je vous souhaite bon courage. Reposez-vous bien, prenez soin de vous et puis on se tiendra au courant au fil des jours. D'accord ?

– D'accord, Monsieur de Baecker. Je vous remercie.

On se tiendra au courant au fil des jours. À l'idée de l'appeler à nouveau, elle frissonna de dégoût.

Le lendemain, elle rappela le collège pour préciser que son arrêt courait jusqu'au huit janvier. Profitant de son coup de fil, la secrétaire l'informa que le directeur lui avait déjà trouvé une remplaçante et que celle-ci était d'accord pour commencer le jour même. Sans doute trop content d'avoir enfin l'occasion de la remplacer, monsieur de Baecker avait agi avec célérité.

Clotilde encaissa le coup. Elle voulut en savoir un peu plus sur cette personne et s'enquit de son nom. Elle apprit qu'elle s'appelait Roseline Charrier.

– Vous avez dû la voir à la réunion de pré-rentrée. C'est une professeur d'histoire. Elle avait remplacé madame Robin pendant son congé maternité.

Clotilde se souvenait vaguement d'un visage blafard barré de lunettes et de longs cheveux bruns réunis en queue-de-cheval.

– Mais, il est possible qu'un professeur d'histoire enseigne le français ?

– Oui. Tout à fait. C'est autorisé par l'Inspection académique. Oh ! C'est quelqu'un de très bien. Vous n'avez pas de souci à vous faire.

Vous n'avez pas de souci à vous faire. L'ironie de la phrase cinglait aux oreilles de Clotilde : c'était le collège qui n'aurait plus de souci à se faire ! Clotilde Delafosse disparaissant laissait enfin la place à une personne compétente. La secrétaire n'aurait plus besoin de trouver de subterfuges pour faire patienter des parents survoltés.

Josiane Martinelli, secrétaire de direction à l'institution Saint-Adjutor, avait déjà travaillé pour monsieur de Baecker dans un autre lycée. Quand il avait changé d'affectation, il l'avait fait venir car il appréciait ses qualités de diplomatie et de discrétion.

Le secrétariat était le cœur névralgique de l'établissement : les professeurs venaient y faire des photocopies en râlant, le directeur y déposait des dossiers à remplir d'urgence – la porte de son bureau était d'ailleurs souvent ouverte – et les parents y demandaient des rendez-vous d'un air plus ou moins pincé. Madame Martinelli restait toujours aimable devant les plaintes et les exaspérations des uns et des autres. Elle était la personne idéale pour recueillir les doléances sans rien laisser paraître de son opinion. Il était impossible qu'une rumeur sur l'inaptitude de Clotilde ne lui fût pas parvenue aux oreilles.

– Pourrais-je avoir ses coordonnées téléphoniques ? demanda Clotilde comme si elle demandait une faveur.

– Bien sûr. Je vous donne son numéro de fixe. Vous avez pris note ?... Eh bien, il ne me reste qu'à vous souhaiter bon courage, mademoiselle Delafosse.

« Il ne me reste qu'à vous souhaiter bon courage, mademoiselle Delafosse ! » Qu'entendait-elle par là ? Que Clotilde aurait besoin de force morale quand elle aurait compris que, sans elle, tout allait beaucoup mieux dans l'établissement ? Que les parents ne souhaitaient pas son retour ? Qu'ils exigeaient l'engagement définitif de mademoiselle Charrier ? Que les élèves avaient signé une pétition pour qu'elle ne revienne pas ?

Bien que ce fût plutôt à sa remplaçante de l'appeler, Clotilde décida de lui téléphoner vers cinq heures. Si elle avait débuté le jour même, elle devait avoir eu les cinquièmes deux heures l'après-midi. Clotilde se demanda ce que la jeune femme avait bien pu leur dire.

Mais, comme si sa remplaçante l'avait entendue penser, le téléphone sonna. Clotilde décrocha :

– Bonjour, mademoiselle Delafosse ?

– Oui.

– Bonjour, mademoiselle. Roseline Charrier à l'appareil.

La voix était douce mais non dénuée de fermeté, ce qui constituait a priori un atout pour tenir tête à des gamins indisciplinés.

– Je suis désolée de ne pas vous avoir appelée plus tôt. On m'a prévenue seulement hier.

– Ne vous en faites pas. J'imagine que vous avez dû être un peu prise de court. Voulez-vous que nous nous voyions ?

– Volontiers. J'espère que je serai à la hauteur car je n'ai qu'une formation en histoire au départ.

– Je sais. Madame Martinelli m'en a informée.

– Mais, j'y pense, ce n'est pas la peine que vous me montriez vos cours. Madame Lambert, votre collègue de français, m'a passé les siens. Elle a les mêmes niveaux que vous et ce sera plus simple pour moi de cette façon puisque je serai en contact direct avec elle.

Ainsi madame Corinne Lambert, professeur bien notée, collègue appréciée, serviable et dynamique, avait proposé ses cours à la remplaçante de Clotilde sans l'en aviser. Existait-elle si peu qu'on estimât inutile de lui téléphoner ? Elle revoyait ses cheveux grisonnants relevés en chignon, ses tailleurs bien coupés et le sourire dont elle la gratifiait chaque fois qu'elle la croisait dans les couloirs. Fallait-il interpréter sa proposition d'aide comme une marque de sympathie ou comme le signe d'un souverain mépris ?

La certitude de sa propre nullité était tellement ancrée dans l'esprit de Clotilde qu'elle pencha pour la deuxième hypothèse. Madame Lambert lui souriait, même quand elle entendait du bazar dans sa classe, parce qu'elle était chrétienne. Elle distinguait la personne de sa fonction. Son air avenant n'était en aucun cas un indice qui aurait permis à Clotilde de déchiffrer ce que l'on disait à son sujet. Inaccessible aux ragots, elle arborait ce sourire en toutes circonstances comme on sourit à un enfant dont on sait qu'on ne tirera jamais rien.

En tout cas, cette sainte n'avait pas jugé bon de lui téléphoner pour lui demander si ça ne la gênait pas que sa remplaçante s'appuie sur ses cours. Elle ne lui avait d'ailleurs pas téléphoné pour demander de ses nouvelles. Clotilde en conclut que son absence n'était un problème pour personne. Qu'elle existe ou pas revenait au même : le monde tournait très bien sans elle. Voire mieux.

Mais, en y réfléchissant, cet accord entre Roseline Charrier et madame Lambert au fond l'arrangeait. Moins souvent lui téléphonerait-on, moins souvent lui parviendraient les relents nauséabonds du collège : ainsi aurait-elle l'esprit dégagé pour jouir du temps qui s'ouvrait devant elle.

– Ce sera en effet plus pratique pour vous, lui répondit Clotilde. En tout cas, n'hésitez pas à m'appeler si vous avez le moindre problème.

– Je n'y manquerai pas, je vous remercie.

– Je crois que vous aviez prévu comme elle les récits de voyages en cinquième et le roman épistolaire en quatrième ?

– En effet.

– C'est parfait. Alors, je vais travailler avec madame Lambert et je vous appellerai pour vous tenir au courant.

Clotilde ne voulut pas la laisser raccrocher aussi vite. Une question la taraudait :

– Ce n'est pas évident de prendre en charge des classes du jour au lendemain. Vos premiers cours se sont bien passés ?

– Oh ! à merveille ! Les élèves ont été adorables. J'ai entendu dire qu'une classe de cinquième était difficile mais, hier, je n'ai pas eu de problème particulier. Je les ai trouvés attentifs. Je leur ai proposé de faire des exposés sur les voyages auxquels ils avaient participé. Ils se battaient presque pour que je les note sur mon agenda !

Clotilde encaissa ce nouveau coup. Sa remplaçante l'invitait implicitement à admirer son savoir-faire. Elle n'avait pas le souvenir d'avoir jamais réussi à susciter chez ses élèves un tel emballement. Décidément, tout le monde gagnait à ce qu'elle disparaisse du circuit.

Elle répondit sans laisser paraître sa vexation :

– Je suis heureuse de voir que tout a l'air d'aller pour le mieux.

– Je vous remercie. Je vous souhaite un bon rétablissement et je vous tiens au courant au fil des jours.

« On se tient au courant au fil des jours », lui avait dit le directeur.

Est-ce qu'ils s'étaient tous donné le mot ? On aurait dit qu'ils avaient trouvé la formule idéale, celle qui leur permettait de prendre congé d'elle en lui faisant miroiter des engagements qu'ils ne tiendraient pas.

Cette expression lui rappela qu'une longue plage de temps s'ouvrait devant elle. Elle se demanda comment elle occuperait cette vacuité : à lire ? à écrire ? N'avait-elle pas là l'occasion inespérée de se recentrer sur elle ?

Quoi qu'il en soit, pour la première fois depuis dix ans, elle ne vivrait pas sous la surveillance des autres, collègues, parents, directeur. Après tout, elle pourrait se réveiller à midi, traîner en pyjama toute la journée, regarder des séries idiotes à la télévision, sauter comme une folle sur son lit ou chanter à tue-tête dans sa salle de bains ! Personne ne pourrait l'en empêcher ! Pendant des mois, elle ne se sentirait pas prise dans l'étau des regards. Quel bonheur ! Que madame Lambert et sa remplaçante dansent le tango ensemble, si ça leur chantait ! Elle s'en moquait : elle aurait enfin du temps pour elle !

Peu à peu, sa réclusion forcée lui fit oublier les humiliations subies. Son directeur, ses collègues, sa remplaçante lui apparaissaient de l'autre côté d'une rive qui s'éloignait.

Elle apprit à se laisser vivre et à s'ouvrir à l'instant.

Clotilde habitait le rez-de-chaussée d'une longère normande que les propriétaires louaient en appartements. Sur le mur de pierre à droite du portail était gravée une date : 1790. Elle ne savait pas à quoi elle correspondait exactement mais supposait que c'était celle de la pose de la première pierre. Les pièces se succédaient en enfilade : cuisine, salle à manger, salon, chambre, toilettes, toutes recouvertes de tomettes anciennes.

Elle s'était installée dans le salon, sur le canapé-lit qu'elle gardait déplié et se réjouit à l'idée de dormir devant la cheminée. De son lit, elle avait la vue sur le jardin. Dans les cadres des fenêtres, elle voyait se découper les branches des ifs qui ployaient sous le poids de leurs petites boules rouges et les tiges des rosiers grimper orgueilleusement le long du mur.

C'était étrange de dormir dans une pièce habituellement destinée aux repas. La table ronde couverte d'une nappe en lin blanc qui retombait jusqu'au sol et les pendeloques en verre du lustre, dégoulinant en cascades au-dessus d'elle, feraient maintenant partie du décor de ses jours et de ses nuits.

Elle trouva qu'il se dégageait de cette maison une beauté et une poésie qu'elle servait par sa façon baroque de décorer son appartement et elle s'en félicita. Les affres qu'elle avait essuyés au collège l'avaient éloignée de l'estime d'elle-même mais, entre ses murs, elle se souvint de la personne intéressante qu'elle était avant d'enseigner et elle fut bien décidée à renouer avec elle.

Il était temps qu'elle fasse preuve d'indulgence envers elle-même, pensait-elle en humant l'odeur de champignon et de feu de bois qui flottait dans l'air.

L'après-midi, elle prit l'habitude de faire la sieste et, quand elle fermait les rideaux rouges, les murs prenaient une teinte rosée. C'étaient des rideaux aux motifs anciens. Au centre de chaque couronne de roses et d'œillets, un petit manoir était dessiné. Certaines couronnes étaient peuplées d'oiseaux, sur d'autres figurait une terrasse ou un portail ouvert sur un jardin.

Son œil se mit à détailler les objets qui l'entouraient. Elle entrait mentalement dans les tableaux accrochés au mur : la nature morte aux tons ocre qui représentait des volailles sur la table d'une cuisine l'invitait à un repas de chasse, le portrait d'une jeune fille aux yeux pensifs lui faisait voir des paysages de balancelles et de crinolines, des enfants assis sur la barrière d'un champ l'appelaient à venir manger des pommes avec eux. C'était comme si la pièce renfermait de multiples univers qui l'incitaient à venir les rejoindre.

Le soir, elle se calait confortablement sur ses oreillers, les jambes un peu surélevées sur un coussin et elle regardait les braises rougeoyer dans l'âtre. Des lueurs vacillantes se dessinaient sur les murs et faisaient onduler les plis des rideaux. De la cuisine lui parvenait le tic-tac de la comtoise en bois ciré. Chaque seconde écoulée la comblait d'aise. Elle se sentait bien au chaud entre ses murs, et, finalement, elle se dit que cette parenthèse avait du bon car elle n'avait jamais vraiment eu le temps d'habiter sa maison.

Une semaine se passa à apprivoiser sa nouvelle situation. Elle lisait, écrivait, puis elle resta moins souvent allongée et se déplaçait à cloche-pied ou en prenant appui sur des béquilles. L'agitation du collège, les levers au petit matin, les claquements des talons dans le couloir, les guerres intestines entre collègues, toutes les rumeurs de ce petit monde fermé qui la déchirait depuis des années s'éloignaient comme des nappes de brume qui se dissipent.

Une voisine venait lui rendre quelques menus services. Elle allait chercher des bûches pour Clotilde et les installait à côté de la cheminée. Elle lui achetait aussi ses médicaments à la pharmacie. Toutes les deux parlaient du temps, de la pluie qui allait tomber et Clotilde trouvait beaucoup de plaisir à ces échanges simples dépourvus d'enjeux.

Un jour, alors que le collège avait disparu de ses pensées, le téléphone sonna.

C'était Roseline Charrier. Sa voix s'était affermie :

– Allô, Clotilde ?

Clotilde n'avait pas le souvenir de lui avoir dévoilé son prénom.

– Oui, c'est moi.

– Bonjour, c'est Roseline.

Elle se demanda de quel droit sa remplaçante s'autorisait cette complicité. En quelques semaines, sa voix avait acquis une assurance inouïe.

J'espère que je ne vous dérange pas. Je me permets de vous appeler pour vous demander votre avis. Voilà : en me conformant à la séquence de madame Lambert sur la poésie, j'ai vu que je devais apprendre aux élèves à repérer la notion de champ lexical. Alors, j'ai eu l'idée de les faire venir à la bibliothèque et je leur ai demandé de dresser des listes de mots à partir de phrases que j'aime bien.

Sa voix résonnait dans le récepteur et son excitation tranchait avec le silence de la pièce. Clotilde lui répondit en essayant de masquer le mieux possible le dégoût que lui inspirait ce langage académique qu'elle avait commencé d'oublier.

– Cela me semble une heureuse initiative.

– Ah ! Merci ! Alors, j'ai divisé la classe en quatre groupes : chaque groupe travaillera sur une expression. J'en ai trouvé deux qui me plaisent : l'une qui est un titre d'Hubert Reeves : *Nous sommes des poussières d'étoiles*, et l'autre est cette phrase de Pascal qui m'a toujours glacée : *Le silence de ces espaces infinis m'effraie*. Je pense que les enfants se posent beaucoup de questions sur les planètes et l'origine de la vie et qu'ils seront heureux de trouver des mots en rapport avec ces thèmes. Mais voilà, il me manque deux autres expressions et, comme vous êtes leur professeur, j'aimerais bien vous associer à la recherche. Alors, si vous avez des idées d'expressions sur des thèmes qui vous sont chers, n'hésitez pas à m'en faire part. Oh, il n'y a rien de pressé. Je ne les emmène que jeudi à la bibliothèque.

– Eh bien, écoutez, tout cela me semble très excitant. C'est une très bonne idée. Je vais y réfléchir et je vous rappelle. D'accord ?

– Entendu. À bientôt et prenez bien soin de vous !

Clotilde avait encore dans l'oreille la voix striduleuse de sa remplaçante. Juste au moment où elle commençait à savourer le bonheur de vivre dans sa maison, celle-ci venait perturber sa tranquillité en lui parlant de champ lexical ! Il fallait savoir : était-ce des conseils de Madame Lambert qu'elle avait besoin ou des siens ? Et puis, cet aplomb de l'avoir appelée par son prénom ! Visiblement, elle éprouvait un plaisir manifeste à prendre des initiatives, à imaginer des activités. Mais, bon sang, était-ce l'attitude supposée d'une remplaçante ?

Elle activa le tison dans l'âtre. Les braises firent jaillir de petites flammes bleutées. L'atmosphère intime que répandait le feu dans la cheminée l'invitait à la méditation. Elle laissa s'éloigner son agacement pour mieux réfléchir. D'où lui venait cette irritation à l'encontre de Roseline Charrier ? N'avait-elle pas le droit, après tout, de chercher à intéresser ses élèves ? Le fait qu'elle lui ait téléphoné ne prouvait-il pas son humilité ? Qu'est-ce qui la dérangeait autant ?

Pour essayer d'y voit clair, Clotilde se repassa le film de ses dernières années. Au début de sa carrière, elle aussi voyait ses cours comme un champ d'expérimentation passionnant. Il y avait eu une période où ses idées se bousculaient. Mille projets l'animaient alors : emmener les élèves au musée et au théâtre, organiser avec eux des ateliers d'écriture, leur faire illustrer des recueils. Mais elle n'avait pas réussi à concilier ses engouements avec le maintien de l'ordre dans la classe. Sans qu'elle eût compris par quelle réaction chimique ses élans passionnés n'avaient fait que susciter le chahut. Depuis, elle avait écarté l'ardeur dans sa pratique et ne demandait plus que des exercices très scolaires, qui privilégiaient une réussite facile. Ce n'était qu'à ce prix qu'elle avait obtenu la paix.

Roseline Charrier avait réveillé quelque chose de chaud tapi au fond d'elle, une ardeur ancienne qu'elle croyait avoir enfouie une fois pour toutes.

Elle regarda par la fenêtre. Par une trouée à travers le feuillage apparaissait le rond blanc du soleil. Le matin, il faisait face à la fenêtre et donnait des reflets argentés à la masse feuillue qui couvrait la colline sur laquelle s'adossait la maison.

Elle réfléchit alors à une expression qui lui plairait. Un titre de Shakespeare lui vint à l'esprit, un titre qui éveillait des ronds de poussière dans les rais du soleil : *Songe d'une nuit d'été.* Il lui évoquait le bruissement d'une rivière dévalant les talus, des ombres mouvantes en bas d'une terrasse où brûlaient des bougies et des aveux d'amour murmurés au milieu de jalousies naissantes, à fleur de peau nue. Les mots *apparition, rêverie, chimère, fantasme, illusion, divaguer, contours flous, soleil, lumière, chaleur, bourdonnement, grillons, lune argentée* lui vinrent à l'esprit. Voilà qui formerait un joli champ lexical de la rêverie.

Elle réfléchit encore et le premier vers qui lui vint à l'esprit fut celui d'un poème très connu de Rimbaud :

C'est un petit trou de verdure où chante une rivière
Accrochant follement aux herbes ses haillons d'argent

Elle pensa aux mots que les élèves pourraient trouver *: vert, herbu, feuillage, mousse, papillons, clairière* pour le champ lexical de la nature et *gouttes, ruisseler, gerbe, cascade, torrent, mouiller* pour celui de l'eau.

Pour la première fois depuis son accident, elle avait envie d'être auprès de ses élèves. Il n'était pas juste que sa remplaçante arrive à obtenir d'eux un plaisir auquel elle avait renoncé. Elle s'imaginait penchée au-dessus d'eux dans l'atmosphère poussiéreuse de la bibliothèque, encourageant ceux qui restaient bloqués, se réjouissant pour ceux qui avaient le nez plongé dans le dictionnaire.

Pendant les années si dures où elle avait failli démissionner, elle se souvint d'avoir pourtant vécu des moments comme ceux-là. Ils brillaient comme des pépites dans son souvenir. Elle se rappelait ces élèves maladroits, essoufflés et fiers, lisant à voix haute leurs œuvres à la classe, et elle avait adoré ces heures où, entre les murs de l'établissement, elle s'était sentie protégée comme à l'intérieur d'une matrice. Labeur et plaisir étaient intimement liés, et, dans ces instants-là, pour rien au monde elle n'aurait voulu être ailleurs.

Pour se voir confirmé que de tels moments avaient réellement eu lieu, elle alla chercher une chemise dans laquelle elle avait conservé tous les poèmes écrits par ses élèves. Elle avait pris l'habitude de garder leurs productions, comme pour se prouver que tout n'avait pas été négatif, et elle ne put s'empêcher de sourire en relisant ces feuilles quadrillées couvertes d'écritures enfantines :

Il y a mon père qui lit le dictionnaire
Il y a ma mère qui aime le camembert
Il y a mon frère qui se sert de la bière
Ma belle-mère qui trouve que j'exagère
Mon beau-père qui n'aime pas faire la guerre
Les verres par paire sur les étagères
Des dromadaires qui errent sur la terre
Des galères qui se perdent sur la mer

Des aigles qui griffent l'air avec leurs serres
Et il y a moi qui devais lire Homère pour avant-hier.

Oui, il y avait eu une époque où elle avait su extraire le génie enfantin de ces petites têtes butées. Ces griffures sur la page en étaient les témoins. Mais elle n'avait pu empêcher que leurs trouvailles soient balayées par le brouhaha dévastateur de la classe.

Sa remplaçante lui demandait de contribuer à quelque chose qu'elle n'était plus capable d'offrir à une classe : le plaisir d'enseigner. Roseline Charrier avait ranimé le souvenir d'un bonheur qu'aussitôt elle lui ravissait. Car c'était elle qui serait avec eux à la bibliothèque et qui parrainerait leurs trouvailles magnifiques.

La nuit qui suivit le coup de téléphone de Roseline Charrier, Clotilde se sentit à nouveau écrasée par le poids de son incompétence. Elle avait pourtant essayé de s'en divertir mais rien à faire : il avait suffi qu'elle entende la voix de sa remplaçante pour que la conviction de son manque d'intérêt refît surface.

Échappant à de sombres ruminations, elle s'endormit immédiatement. Mais la nocivité de ses pensées s'exprima dans le rêve qu'elle fit : alors qu'elle entrait dans une salle de classe, un spectacle impressionnant l'attendait. Aux quatre coins de la classe, des élèves lançaient des concordes en papier. Un garçon blond, des éclairs maléfiques dans les yeux, jetait en l'air des araignées qui atterrissaient sur le tableau en filaments verdâtres. Des midinettes aux yeux charbonneux soulevaient leurs débardeurs dans un ralenti suggestif devant des garçons qui criaient : « À poil ! À poil ! », pendant que deux élèves sérieuses, qui ne demandaient qu'à travailler, suppliaient Clotilde d'intervenir. Sa présence dans la classe ne changeait rien. Elle n'avait aucune prise sur ce désastre. Elle avait beau hurler : « Asseyez-vous ! Si vous continuez, j'appelle le directeur ! », elle n'obtenait que des éclats de rire. Des élèves lui lancèrent sur un ton de défi : « D'accord ! Allez chercher le directeur ! ne vous gênez pas ! » et ils continuaient de plus belle, animés d'une rage que l'impuissance de Clotilde accroissait. Les deux fayots la suppliaient : « Oh oui, madame ! Allez chercher le directeur ! » Au bout de cinq minutes de cris et de moqueries, l'une des lolitas, qui était montée sur la table, montrait son soutien-gorge à la classe puis commençait à le dégrafer.

C'est au milieu de ce vacarme effroyable que Roseline Charrier apparut dans l'encadrement de la porte. Aussitôt les visages se figèrent. La natte qui réunissait sagement ses cheveux avait cessé de se balancer. Son poignet gauche tenait fermement sa serviette en cuir noir. Elle s'arrêta, balaya la classe du regard, puis dévisagea Clotilde d'un air interrogateur. Chacun avait rejoint sa place, debout à côté de sa table, sans piper mot. La seule personne qui semblait mise en accusation dans ce silence brusquement constitué, c'était Clotilde. Elle devinait que sa remplaçante attendait des explications mais elle n'aurait pu les donner en public sans se ridiculiser davantage. Elle reprit à la hâte son cartable, l'ouvrit, rangea fiévreusement ses feuilles éparpillées sur le bureau et partit piteusement de la classe, sans un regard pour ses élèves.

Un peu plus tard dans son rêve, Roseline Charrier, allongée sur des draps de satin, se mirait avec complaisance dans une glace. Ses cheveux dénoués tombaient sur ses épaules en flots ondulants et son rouge à lèvres débordait, comme celui d'une courtisane qui a trop embrassé. Apercevant le reflet de Clotilde dans la glace, elle se mit à rire en disant : « Ah ! Vous ne saurez jamais y faire ! ». Puis, elle se tourna vers elle en lui offrant sa poitrine apparue dans l'échancrure de sa chemise et lui susurra d'une voix rauque : « Voulez-vous que je vous apprenne ? »

Clotilde se réveilla en nage, le cœur battant. Ce qui l'angoissait particulièrement, c'était que la réalité décrite dans le rêve était à peine amplifiée. Elle la ramenait à ces moments de chahut qu'elle avait voulu oublier mais que la voix décidée de sa remplaçante avait suffi à ressusciter.

Elle se rendait compte que les interventions récurrentes de sa remplaçante l'irritaient comme le grincement d'une scie sur le métal. Une remplaçante était là pour remplacer, nom d'un chien, et non pour prendre des initiatives ! Une remplaçante était inférieure par définition. Forcément moins compétente, moins expérimentée que la titulaire. Elle devait rester à sa place et faire preuve de respect vis-à-vis de celle dont elle occupait temporairement les fonctions. Si quelqu'un devait se faire chahuter, c'était la remplaçante et non la titulaire !

Son chirurgien l'avait prévenue qu'elle devrait s'armer de patience et lutter pour garder le moral. Les sentiments néfastes faisaient partie des risques engendrés par l'oisiveté.

Elle prit ses béquilles et se leva de son lit, décidée à chasser de son esprit ces pensées nuisibles. Elle avait du temps, après tout, pour prendre soin d'elle. C'était une occasion qui ne se répéterait pas de si tôt. Elle devait s'efforcer de le mettre à profit.

– Allez ! Courage ! Roseline Charrier t'invite à proposer de jolies choses à tes élèves. C'est plutôt gentil de sa part ! Il n'y a pas de quoi te sentir dépouillée ! Dis-toi que tu as du temps et profites-en pour te faire plaisir, au lieu de te ronger les sangs ! se raisonnait-elle tout haut en ouvrant les rideaux.

Elle était décidée à se concentrer sur ce qui lui ferait du bien. Personne, et surtout pas une petite remplaçante, ne viendrait déranger sa tranquillité.

Elle s'assit devant la cheminée où il ne restait du feu de la veille qu'un tas de cendres et songea à toutes les choses qu'elle se promettait de faire quand elle était valide. Sur la table où traînait un carnet, elle dressa une liste d'activités susceptibles d'être compatibles avec son immobilité forcée :

– Lire les livres que je n'ai pas eu le temps de lire : *Lolita* de Nabokov, *L'idiot* de Dostoïevsky, *À l'ombre des jeunes filles en fleur* de Proust, *Guerre et paix* de Tolstoï.

– Apprendre de nouvelles recettes de cuisine.

– Me remettre au violon

Se remettre au violon. Elle avait écrit ces mots machinalement et reposa son stylo en soupirant. Était-ce bien raisonnable d'écrire une chose pareille ? Le violon avait été sa première vocation. Se remettre au violon, c'était reprendre sa vie là où elle l'avait laissée, avant qu'elle n'enseigne à l'institution Saint-Adjutor. Se remettre au violon, c'était renouer avec la jeune fille passionnée qui n'avait pas encore été chahutée. Se remettre au violon, c'était s'exposer à souffrir de penser qu'elle avait préféré à sa vocation artistique une fausse sécurité et qu'elle avait choisi une forme de médiocrité.

À l'époque où elle était élève au Conservatoire de Rouen, ses professeurs lui avaient promis une belle carrière de violoniste, puis ses parents avaient fait faillite et elle avait dû abandonner des études trop coûteuses. La mort dans l'âme, elle s'était résignée à passer un concours d'enseignement pour avoir une situation plus stable. Elle s'était laissé mener par l'enchaînement des événements – études de Lettres, puis succès au concours. C'est ainsi qu'elle s'était retrouvée enseignante.

Son esprit avait dû comprendre *en saignant* car elle s'était laissé humilier, assistant en témoin impuissant au spectacle de sa dégradation. C'est que, au fond d'elle, chaque cellule de son corps réclamait son instrument.

Ce qui se passait entre elle et lui était trop intense pour qu'elle ne le revécût pas sans dommage. Jouer du violon, c'était ouvrir la boîte de Pandore qui répandrait sur sa vie nostalgie et regrets. Comme il était loin le temps où l'air vibrait de ses lamentos ! Comme elle aurait aimé laisser les notes pénétrer sa chair et s'abandonner à leur flux en frissonnant comme autrefois, dans le salon de ses parents !

Elle s'était imaginée soliste dans les plus grands orchestres, extirpant de l'âme de son instrument le meilleur d'elle-même, embrumant les yeux des spectateurs, croulant sous les applaudissements. Elle aurait épousé un musicien. Ils auraient eu une flopée d'enfants. Chacun d'eux aurait pratiqué la musique, c'était une évidence, tant elle croyait à l'universalité de son langage. Leur maison aurait résonné des sonorités du monde entier à tous les étages. Des vocalises se seraient échappées de leurs fenêtres dès les beaux jours du printemps. Elle imaginait la famille qu'elle aurait fondée comme un harnachement bigarré, un laboratoire musical où les chants classiques se seraient mêlés aux morceaux de jazz, le xylophone du petit dernier à la guitare flamenco de l'aîné.

Jouer du violon, c'était ressusciter ces rêves de famille et d'enfants. Trop douloureux. Clotilde raya ce projet de sa liste et se rabattit sur l'activité qu'elle avait placée en tête de liste : la lecture. Elle chercha dans sa bibliothèque l'exemplaire de *À l'ombre des jeunes filles en fleurs* qu'elle n'avait jamais réussi à terminer, le trouva sans mal à côté de *Poe* et décida de le lire devant le feu.

Après avoir froissé des pages de journal dans ses mains, elle les roula en boule puis les jeta dans la cheminée. Au-dessus du tas, elle disposa des brindilles et alluma le fagot. Quand il fut embrasé, elle plaça deux grosses bûches encore un peu humides, resta un moment sur une jambe à vérifier que le feu prenait bien, puis, lorsque des flammes s'élevèrent, elle s'ensevelit dans le fauteuil en velours grenat capitonné où, depuis son arrêt, elle avait pris l'habitude de se laisser aller à des rêveries.

Attiré par la chaleur du feu, son chat vint se lover sur ses cuisses. Elle se laissait bercer par les phrases de Proust qui s'enroulaient interminablement en distillant leur musique singulière. C'était un moment parfait. Le genre de moments agréables que lui procurait son repos forcé. Il satisfaisait de surcroît un des objectifs de sa liste, ce qui avait l'avantage d'apaiser sa conscience. De temps en temps, elle se relevait pour rajuster une bûche.

La nuit était tombée au-dehors et, dans ce silence qui n'était troublé que par le craquement du bois, elle ressentit qu'il manquait un son. Elle avait fait des efforts pour chasser cette pensée mais l'absence de ce son était trop criante. C'était le violon qui manquait, bien sûr. Soudain, elle entendit, un peu étouffée d'abord et comme venue d'un passé très ancien, une plainte voilée monter peu à peu en puissance. Elle lui parvenait aussi distinctement que si quelqu'un avait joué dans la pièce. Elle reconnut une sonate de Schumann, *Rêverie,* qu'elle avait interprétée autrefois. Puis les sons disparurent. Il n'y avait plus que le bruit du feu qui crépitait. Elle ne put y tenir : et si elle allait chercher son violon, rien qu'une fois, juste pour voir si elle était capable d'en sortir encore un son ?

Malheureusement, il était rangé dans le grenier. Si elle montait l'escalier sur les fesses, il devait être possible d'y accéder. La tentation était trop forte. Elle se leva, prit appui sur ses béquilles et commença l'ascension. Sa jambe bandée tendue en avant, elle se propulsa par la force de ses abdominaux. Quand elle fut arrivée en haut des marches, elle rit tout haut de se voir dans une posture aussi ridicule. Au bout du couloir, une porte en bois ouvrait sur le capharnaüm qui portait le nom de grenier. Elle rampa jusqu'à lui, ouvrit la porte et monta sur le derrière les quelques marches raides qui y menaient.

Dans une armoire en fer dont une des portes était entrebâillée, elle aperçut sur l'étagère la plus haute la housse de son instrument. Elle se traîna sur le sol recouvert de ciment, attrapa au passage toute la poussière qui s'y était accumulée depuis des années, et, en prenant appui sur une malle, réussit à se mettre debout. En équilibre sur sa jambe gauche, elle parvint à saisir une poignée de la housse et fit glisser le violon dans ses bras avant de se remettre sur les fesses. Puis, elle redescendit l'escalier en le tenant précautionneusement dans ses bras comme un bébé.

Pour donner à ce moment la solennité qui convenait, elle déshabilla l'instrument avec lenteur devant la cheminée. Les flammes qui se reflétaient sur le bois verni lui donnaient l'air d'un objet vaguement diabolique. Elle le trouva d'une beauté magistrale, saisit son manche et pinça quelques cordes. Le temps les avait mises à mal et elle dut tourner les chevilles pour les retendre. Quand elle eut trouvé les notes justes, elle plaça le violon entre son menton et son épaule et fit glisser son archet. À sa surprise, l'air de *Rêveries* lui revint naturellement.

Malgré les années, il coulait, fluide, sous ses doigts. Déployant dans la pièce son ruban sonore, il s'enroula autour des rideaux, enlaça les pieds des fauteuils, s'évada par la fenêtre, échevela les arbres tapissant la colline, plana au-dessus des maisons. Fermant les yeux pour être au plus près de la musique, elle était devenue l'interprète du dieu qui soufflait en elle.

La mélodie semblait venir de l'intérieur de son âme, et ses doigts ne faisaient qu'exécuter ce qu'elle leur dictait. Les notes de musique qui naissaient sous ses doigts balayèrent d'un coup l'amertume de sa situation : sa jambe cassée, les élèves qui la chahutaient, les collègues qui la regardaient de haut, la famille rêvée qui n'existait pas – tout disparut derrière l'exaltation de jouer, comme un grand vent balaie un château de cartes. Tout ce qu'elle avait construit pour bâillonner son talent, tous les remparts qu'elle avait dressés contre l'éblouissement de ses dons, s'effondrèrent à la minute même où elle s'était emparée de l'archet.

Ce qu'elle redoutait s'était produit : en jouant, elle avait arraché d'elle-même ce qu'elle avait cherché à étouffer pendant des années au point de le cacher dans un placard au fond de son grenier. Ce flot d'émotions qu'elle avait espéré endiguer, elle ne pouvait plus le réprimer. Quelles que soient les souffrances qu'elle endurerait, il lui parut évident qu'elle ne supporterait plus la médiocrité de son existence.

Quand elle eut terminé de jouer, le silence n'était plus le même. Le crépitement du feu, le tic-tac de l'horloge, les gouttes de pluie sur les carreaux, tout s'était imprégné de la mélancolie du morceau. Elle avait reposé son instrument quand elle vit, collé contre la vitre, le visage blême d'une jeune femme qui la regardait en souriant étrangement. Ses cheveux dégoulinant de pluie, étaient collés sur ses tempes. On aurait dit un spectre. Quand elle se mit à taper contre les carreaux, Clotilde se demanda si elle devait lui ouvrir mais la jeune femme continuait à taper.

– S'il vous plaît ! C'est moi, Roseline Charrier !

Le bruit répétitif de son poing contre les carreaux s'enfonçait dans le crâne de Clotilde qui se décida à lui ouvrir la porte.

– Je ne vous dérange pas ? bredouillait-elle. Je passais non loin de chez vous et je me suis dit que j'en profiterais pour prendre de vos nouvelles.

– Par ce temps pluvieux ?

– Oh ! la pluie ne me dérange pas.

– Vous auriez dû me téléphoner avant. Il est un peu tard.

– C'est vrai, je m'excuse. Je vous ai entendue jouer... Vous étiez très concentrée. C'était magnifique.

Elle avait prononcé ces derniers mots avec une sincérité enfiévrée. Ses yeux étaient légèrement sortis de leurs orbites.

Clotilde ne lui répondit pas. Elle ne comprenait pas pourquoi sa remplaçante venait la voir aussi tard, sans la prévenir. Roseline Charrier l'avait observée pendant qu'elle jouait. Elle était restée debout sous la pluie à la regarder. Elle avait violé son intimité.

La pendule sonna neuf heures. La remplaçante restait debout, son imperméable trempé lui collant à la peau.

– Entrez, se résolut à lui proposer Clotilde, vous allez prendre froid. Vous pouvez poser votre imperméable sur le portemanteau.

Roseline Charrier ôta son imperméable qui dégouttait de pluie. Elle était vêtue d'une jupe en lainage gris qui s'évasait sur les hanches, et d'un chemisier blanc, col boutonné jusqu'en haut, et masqué par un gilet jaune pâle. Elle tourna son visage vers Clotilde. Ses iris, d'une clarté presque transparente, étaient cachés derrière des lunettes cerclées d'or.

Clotilde l'invita à s'asseoir devant le feu. Auparavant, elle déplaça le violon qui gisait sur une chaise et le posa sur la table basse. Éclairé par les braises, l'instrument semblait doué d'un pouvoir démoniaque.

Roseline Charrier parla la première :

– Vous aviez dit que je pouvais venir vous voir si j'avais besoin de vous.

– Oui, en effet, je vous ai dit ça, bredouillait Clotilde, qui, devant l'incongruité de la situation, ne savait pas quoi dire d'autre.

Roseline Charrier était-elle inconsciente ou avait-elle quelque chose de grave à lui dire ?

– Je vous ai observée pendant que vous jouiez. Vous aviez l'air habité. C'était extraordinaire de vous voir si proche de votre instrument. Ne voudriez-vous pas jouer à nouveau, rien que pour moi ?

Que dire à quelqu'un qui, contre toutes les lois du savoir-vivre, s'impose chez vous, à neuf heures du soir sous le seul prétexte qu'il a besoin de venir vous voir ? Clotilde ne maîtrisait plus les événements. Elle s'entendit répondre :

– Ça vous ferait plaisir ?

– Vous ne pouvez pas savoir à quel point.

Il y avait dans le ton de sa remplaçante une sorte de supplication.

Dehors, les branches noires se heurtaient sous le vent. Des feuilles de lierre vinrent taper contre la vitre.

Le violon n'attendait que d'être à nouveau saisi. Très lentement, avec beaucoup de précaution, Clotilde l'attrapa. Puis elle ferma les yeux et entama avec gravité les premières mesures d'une aria de Bach. Les accords d'une marche lente et funèbre s'élevèrent dans la pièce. La musique enveloppait le visage de Clotilde d'une beauté triste.

Deux sillons luisants coulaient sur les joues de la remplaçante.

Derrière les rideaux, la lune brillait sur les branches de l'if et projetait sur les tomettes des lueurs ondoyantes et pâles. Le cri d'une chouette, au loin, déchira l'air.

Les dernières notes s'éteignirent dans un long soupir. Il était minuit quand Clotilde acheva son morceau.

– Je vous remercie. C'était un moment exceptionnel… Écoutez, je suis gênée de vous le demander… mais j'aimerais venir de temps à autre vous écouter jouer. Cela vous ennuierait-il ?

– Je ne comprends pas… Vous me demandez si j'accepterais de vous recevoir chez moi pour que je joue du violon pour vous ?

– S'il vous plaît... Je vous le demande comme une faveur, dit-elle en la fixant de ses iris transparents.

Tout en parlant, Roseline Charrier s'était approchée de Clotilde et avait posé sa main sur son genou. Sous ses yeux, de petites gouttes s'étaient déposées.

– Je ne voulais pas vous en parler mais je vais vous le dire exprès pour vous faire réagir : d'anciens élèves à vous m'ont parlé des cocottes en papier, des taches d'encre et du bazar qui régnait dans vos cours. Je suis au courant. Vous n'êtes pas faite pour ce métier. Il est temps que vous embrassiez la carrière que vous méritez. Vous êtes une interprète plus que remarquable. Vous n'avez pas le droit de priver le monde de votre talent. Il y a dans votre jeu quelque chose de divin.

Sans attendre la réponse de Clotilde, Roseline Charrier se leva, décrocha son imperméable encore trempé qui gouttait sur les carreaux, le serra autour de sa taille et lui lança avant de partir.

– Je vais vous succéder à votre poste. Tout le monde est d'accord : les élèves veulent que je reste, monsieur de Baecker est d'accord, les parents n'attendent que cela. Mais, pour ce qui est de la musique, il est clair que je ne peux vous remplacer.

La porte en bois claqua quand elle la referma derrière elle.

Clotilde resta quelques instants devant la porte sans bouger. Comment était-il possible que sa remplaçante ait pensé à venir chez elle, en pleine nuit, sous une pluie battante, simplement pour l'entendre jouer un air de violon et lui annoncer qu'elle reprenait son poste ? Comment un tel enchaînement d'événements avait-il pu avoir lieu ?

Fallait-il qu'elle fût fragile pour s'être laissé déposséder de sa vie à ce point ? Elle revoyait le visage de Roseline Charrier à la fenêtre, ses yeux pâles derrière ses lunettes, elle sentait à nouveau son souffle chaud près de son cou, et l'appui de ses mains sur ses genoux.

Elle retourna s'asseoir près de la cheminée. Le violon luisait sur la table, son archet posé à ses côtés. Elle passa le reste de la nuit recroquevillée sur son fauteuil.

Elle n'arrivait pas à comprendre comment on pouvait avoir l'audace de s'arroger autant de droits. Au nom de quoi Roseline Charrier se permettait-elle de décréter ce qui était bon pour elle ? Et, revenue chez elle, s'était-elle seulement rendu compte de l'absurdité de la situation ?

Au fur et à mesure que les heures s'écoulaient, le sommeil avait fini par la gagner. À son réveil, l'aube avait rempli la pièce d'une clarté blanchâtre. Le visage de sa remplaçante lui apparut. Deux larmes coulaient sur ses joues. Elle entendait encore l'admiration fébrile avec laquelle elle lui avait parlé et, curieusement, sa colère contre elle l'avait abandonnée. Après tout, l'insistance de sa remplaçante traduisait peut-être autre chose qu'un incroyable sans-gêne. Si elle avait choisi l'enseignement catholique, il était possible que ce soit par conviction. Peut-être désirait-elle sincèrement aider son prochain et il n'était pas absurde de penser qu'elle avait agi par charité chrétienne. Pourquoi, en effet, Clotilde continuerait-elle à étouffer son talent ? À quoi sert de vivre à côté de soi ? Il y avait, dans l'obstination de Roseline Charrier, une injonction à mener enfin la vie pour laquelle elle était faite. Et si elle avait pris le risque de venir chez elle en pleine nuit, c'était qu'elle pensait que les choses n'étaient pas à leur place et qu'il était temps de changer.

Lorsque le jour envahit la pièce, Clotilde fit ce qu'elle aurait dû faire depuis des années : elle se dirigea vers son téléphone et laissa un message sur le répondeur du collège :

« Ici Mademoiselle Clotilde Delafosse. Je vous appelle pour vous dire que je ne reprendrai pas. Je vous demande de prévenir Mademoiselle Roseline Charrier. Monsieur de Baecker recevra bientôt une lettre de ma part. ».

Courrier du cœur

Chaque dimanche, dans le complément du journal en papier glacé, paraissent mes rubriques. Je figure toujours en avant-dernière page, juste avant l'horoscope. Une façon, pour le rédacteur en chef de montrer qu'avec moi, le lecteur finit en beauté. Après avoir parcouru les fiches cuisine, la mode et la déco, il peut jouir de mes conseils avisés et refermer le journal en se sentant moins seul.

Rien qu'à survoler les titres des trois ou quatre lettres publiées, on a une idée de mes dons mais aussi des affres de la condition humaine. Cela va de : *J'en ai assez qu'il me demande de faire l'amour dans des endroits bizarres* à *J'ai peur de mourir dans mon sommeil*, en passant par *Mon mari m'a trompée et il me ment*. Un échantillon d'humanité souffrante ramassé sur une page.

Certaines semaines, à en croire le peu de lettres reçues, la population se porte anormalement bien. Il suffit d'une météo favorable, d'une victoire au football ou d'un mariage princier pour que j'enregistre une nette baisse de courrier sur mon bureau. Rien de tel qu'une bonne liesse collective pour rendre à nos problèmes personnels leur relativité, croyez-moi. Les sociologues pourraient m'interroger, j'en aurais long à leur apprendre. Dans ce cas, je prends ce qui vient, le tri est moins difficile. Mais il m'arrive aussi de ne pas être inspirée par les confessions qui atterrissent sur mon bureau. Trop ternes, trop banales, manquant d'absurdité. Alors, j'invente. Personne ne s'en aperçoit. C'est ainsi que j'ai réussi à caser : *Mon yorkshire est-il amoureux de moi*? ou bien *Je suis attirée par les réverbères* ou encore *Faut-il dire à mon chinchilla que je l'aime?* Plus surréaliste est la situation, et plus fort souffle mon esprit créateur. Jugez-en par vous-même :

Mon yorkshire est-il amoureux de moi?

Depuis quelque temps, mon yorkshire âgé de cinq ans, ne me semble pas dans son état normal. Il ne se nourrit plus, fixe sur moi ses grands yeux langoureux et ne regarde même plus la chienne des voisins. J'ai d'abord mis ce comportement inhabituel sur le compte d'une dépression passagère due à ma séparation d'avec mon mari, mais j'ai découvert récemment une photo de moi sous sa couche, puis, à plusieurs reprises, certains de mes effets personnels : une pantoufle d'abord et, tout dernièrement, une guêpière en dentelle, cadeau de mon mari pour nos vingt ans de mariage. Devant une telle conduite, j'en arrive à me poser des questions sur ses sentiments à mon égard. Il me semble qu'elle traduit autre chose qu'une simple dépendance d'un chien à sa maîtresse mais un véritable amour, tel qu'il en existe entre un homme et une femme. Qu'en pensez-vous?

Micheline, La Roche-sur-Yon

Je ne sais pas pourquoi j'ai signé Micheline. Les femmes qui s'appellent Micheline doivent se faire rares, ai-je songé. Celle-là, je l'imaginais brune, le teint un peu jaune et vêtue d'une robe rouge. Peut-être, mystères de l'inconscient, à cause du train du même nom, comme celui qui passait derrière la maison de ma grand-mère en faisant trembler les murs. On disait : « Tiens, c'est la micheline de dix-huit heures », et le bruit qu'elle faisait nous tranquillisait. C'était un train qui prenait son temps, ne desservant que de petites distances. On connaissait sa fidélité, sa patience. Ses wagons crème et rouges nous attendaient sagement sur le quai quand nous devions prendre une correspondance et nous trouvions facilement de la place sur ses sièges en bois verni.

Pourquoi ai-je choisi de la faire habiter à La Roche-sur-Yon ? Là encore, je l'ignore. Peut-être ce nom, que j'ai du mal à différencier de celui de La Roche-Guyon, ville dont je connais l'emplacement en bord de Seine pour y être allée quelquefois le dimanche, demandait-il à ce que j'y appose une réalité ? Je ne doutais pas qu'on habitât La Roche-sur-Yon, je savais que cette ville existait et j'avais dû entendre son nom deux ou trois fois dans ma vie mais j'ignorais tout de l'emplacement, du climat et de l'architecture de cette ville, dont ma consultation du dictionnaire m'apprit qu'il s'agissait tout de même du chef-lieu de la Vendée. Ce devait donc être une ville importante, un réservoir de vies, de drames, surtout que, d'après mon Larousse, on y trouvait des entreprises de pneumatique et d'agroalimentaire et donc, des emplois. En regardant de plus près sa situation géographique, je me suis dit qu'habiter à vingt minutes de la mer et à quarante minutes de Nantes pouvait être apprécié de quantité de monde et qu'il n'était pas du tout impossible qu'une certaine Micheline y demeurât, comme des milliers de gens. Que son interrogation portât sur la nature des liens que son chien entretenait avec elle était un questionnement qui pouvait être partagé par de nombreuses femmes, condamnées à reporter sur leur compagnon à pattes l'affection à laquelle la lâcheté des hommes les condamnait.

Je lui ai répondu en m'inspirant d'une règle de base de la communication, apprise à l'époque où je faisais mes armes dans la presse du cœur :

Exposé des faits – sentiment personnel – solution proposée – sentiment positif.

Devant l'attitude inhabituelle de votre chien, vous vous interrogez sur la nature de ses sentiments. (exposé des faits) *Mais peut-on parler de « sentiments » de la part d'un chien ?* (avis personnel) *Certes, votre yorkshire a éprouvé le besoin de s'entourer d'affaires portant la trace de votre odeur et a manifesté, par son refus de la nourriture, des signes de dépression,* (interlocuteur conforté) *mais derrière ce comportement se cache plus la peur d'être abandonné, comme vous l'avez été par votre mari, qu'un amour « humain », avec sa dose de complexité. Vous projetez sans doute sur votre compagnon le vide que vous-même éprouvez depuis le départ de votre époux – après vingt ans de mariage – et votre chien le ressent, allant jusqu'à choisir comme objet de transfert le symbole de votre féminité, la guêpière, hymne à la louange de votre séduction* (diagnostic de la professionnelle).

Même si vous éprouvez votre séparation comme un abandon, vous avez encore de belles années devant vous et votre vie de femme n'est pas terminée. Il faut reprendre confiance en vous, renouer avec vos amis, sortir. Lorsque votre chien vous verra gaie et pleine de vie, il reprendra goût à la nourriture et s'intéressera à nouveau à ses congénères. (proposition de solution) *Gardez courage, votre vie sentimentale est loin d'être finie !* (sentiment positif)

Je me surprends à croire à la réalité de mes histoires. J'éprouve de la tendresse pour mon chien amoureux. Allez, je suis sûre que vous brûlez de savoir ce que j'ai bien pu inventer au sujet de cette hurluberlue qui prétendait être attirée par les réverbères. Un sacré défi, celui-là ! Je vous livre sa missive mot pour mot :

Je suis attirée par les réverbères,

J'ai 56 ans et cela fait des années que je suis attirée par les réverbères. C'est une chose que j'avais bien du mal à m'avouer jusqu'à présent, tant j'avais peur que cette puissante attraction pour des appareils d'éclairage public ne soit le signe d'un esprit dérangé. Mais aujourd'hui, il me faut bien reconnaître que je ne peux plus la contenir.

La nuit, il m'est impossible de rester dans mon appartement. Il faut que je sorte jusqu'à ce que je trouve une rue qui soit éclairée. Rien que de voir au loin leur forme élancée, la raideur de leurs fûts et la vitre dépolie de leurs lampes derrière laquelle vacille une lumière tremblotante me met dans un état d'excitation intense. Je regarde autour de moi pour vérifier que je suis seule et j'en choisis un que je caresse avec ferveur. Sentir sous mes mains le métal chaud de ces grands mâts dressés me procure un plaisir qu'aucun homme n'a réussi à me donner. Je me laisse éclairer par leur lumière bienveillante qui me surplombe et me réconforte.

J'aime particulièrement les temps de brouillard qui donnent à mon acte quelque chose de criminel.

Mon activité nocturne est devenue une drogue et j'aimerais savoir si je dois consulter. J'ai peur qu'aucun homme n'accepte ces sorties à l'extérieur et je crains d'avouer mon péché sans passer pour une folle. Que me conseillez-vous ?

Lui répondre me procura un identique régal :

Votre attirance pour un objet aussi inédit que celui que vous décrivez s'apparente à ce qu'il est convenu d'appeler le fétichisme. Ce phénomène a été très bien décrit par Freud. Il s'agit de la fixation du désir érotique sur une partie du corps comme les seins, les fesses ou les jambes mais aussi sur un objet tel que des gants, des bas, des bottes ou des chaussures.

L'histoire de la psychologie relate des cas de fixation du désir sur les objets les plus saugrenus. Un psychologue du dix-neuvième siècle cite l'exemple d'un fétichiste du bonnet de nuit dont les premiers émois sexuels étaient liés à la vision de sa mère en bonnet de nuit à l'âge de cinq ans. C'est ainsi qu'est née la théorie qui détermina l'expérience infantile comme fixation du fétichisme. Le célèbre psychologue Binet la résuma de cette phrase : « On revient toujours à ses premiers amours. ».

Après tout, votre fixation sur des réverbères n'est pas plus absurde que d'autres, relevées dans la littérature scientifique, portant sur les talons-aiguilles, les épaules, le timbre de la voix, la teinte des cheveux, le chignon ou le port de lunettes. On décrit même des cas de fétichistes attirés par les femmes enceintes – on les nomme les maïeusophiles. Certains rapportent des attirances exclusives pour des unijambistes ou des personnes atteintes de handicap. Que dire des fétichistes amateurs de femmes mûres, parfois franchement âgées (les gérontophiles), ou de femmes obèses (les Fat Admirer) ? Sans parler de ceux qui apprécient les partenaires négligées, voire malpropres !

Comme vous le voyez, votre cas, à la lumière de cette perspective historique et clinique, ne paraît pas si étrange que cela.

Le fétichisme est-il une déviation, comme certains scientifiques le prétendent, ou une preuve de la richesse du désir, comme aiment à le croire hommes et femmes de lettres ainsi que nombre d'artistes ?

Toute la question est de savoir si votre attirance fait obstacle à l'épanouissement de votre vie de femme ou si, au contraire, il l'enrichit. Il semblerait, à vous lire, qu'elle vous empêche de rencontrer un homme qui vous comble.

Je vous conseille donc d'en parler à un spécialiste qui vous aidera peut-être à remonter jusqu'à un traumatisme d'enfance à l'origine de votre fixation.

Il paraît que le journal ne se vend jamais aussi bien que lorsque j'invente ces biographies improbables. Mon patron, que je croise quelquefois, m'a dit que le choix de mes lettres, autant que la pertinence de mes réponses, avaient leurs inconditionnels. À sa manière de plisser les yeux en me regardant, je me demande s'il n'a pas deviné ma supercherie.

Mais il n'y a pas que mon patron que je soupçonne. Hier, j'ai entendu un message étrange sur mon répondeur : une certaine Micheline, originaire de La Roche-sur-Yon, demandait à me parler. Elle m'a laissé son numéro de téléphone. Je l'ai composé le soir même, croyant à une plaisanterie de l'équipe, peut-être même à un canular de mon patron. Une voix de femme un peu essoufflée m'a répondu.

– Je suis bien chez madame Cartier ?

– C'est elle-même.

– Je suis Micheline, de la Roche-sur-Yon. Je voudrais savoir de quel droit vous vous immiscez dans nos vies. (Elle reprenait sa respiration après chacune de ses phrases, comme une cardiaque ou une personne que l'inquiétude menace d'infarctus à tout moment.) Qui êtes-vous pour prétendre trouver une solution à nos problèmes ? Oui, mon mari m'a quittée il y a cinq ans. Oui, mon chien aime s'endormir avec l'une de mes pantoufles, oui encore, j'ai retrouvé des effets intimes sur sa couche. Mais je vous interdis de penser qu'il craint d'être abandonné comme je l'ai été. Qu'est-ce qui vous porte à croire que je n'ai pas de vie de femme ? C'est vrai qu'il me tient compagnie et que je passe le plus clair de mon temps seule mais je m'estime assez grande pour savoir quand le moment sera venu pour moi de sortir à nouveau. Laissez-moi la liberté de trouver du plaisir à la solitude et laissez à mon chien celle de s'enivrer de mes odeurs ! Vous feriez mieux de vous interroger sur les raisons qui vous poussent à fouiller dans la vie des gens ! Voilà madame, je n'ai plus rien à vous dire. Je compte sur vous pour ne plus mentionner mon nom dans votre magazine que j'apprécie par ailleurs pour ses rubriques pratiques. Au revoir, madame.

Je n'ai pas su quoi penser. Mon patron était un homme que je voyais de loin, toujours pressé, le cigare à la bouche, par ailleurs à la tête d'un grand groupe de presse et à qui ce genre d'enfantillage aurait fait perdre inutilement du temps. À moins qu'il ne nourrisse à mon égard une attirance secrète et ne trouve par ce biais un moyen de me conquérir. J'avais entendu dire qu'il aimait l'humour anglo-saxon et que, derrière son air revêche, se cachait un pince-sans-rire dans les rets de qui un grand nombre de femmes serait tombé. Mais encore eût-il fallu que nous ayons rencontré des occasions de nous entretenir et, en dehors du message laconique, plutôt flatteur à mon égard, il est vrai, qu'il m'avait adressé au sujet de la justesse de mes analyses, nous n'avions pas eu d'autre contact. Un des collègues du journal alors ? Peu probable. J'écrivais le plus souvent de chez moi et, n'eût été la petite photo couleur qui surplombait mes articles, aucun d'entre eux n'aurait su dire quel rôle je jouais dans le journal. Mes relations amicales et amoureuses se situaient toutes en dehors de la sphère professionnelle.

Je me suis servi un gin-fizz, histoire d'oublier l'impression de malaise que m'avait laissée cette voix essoufflée, qui résonnait encore dans mes oreilles comme un reproche, et je suis allée dans la cuisine où j'ai allumé le téléviseur pour écouter les informations. Mais le téléphone s'est remis à sonner. J'ai hésité à décrocher le combiné, craignant qu'il ne s'agisse à nouveau de cette Micheline qui prétendait exister dans la vie réelle mais ma main s'est posée sur le téléphone et l'a soulevé malgré moi.

– Allô ? Madame Cartier ?

– Elle-même.

C'était une autre voix de femme, plus grave, plus langoureuse.

– Le standard m'a communiqué votre numéro. Je me permets de vous appeler car je brûle de savoir comment vous avez su pour les réverbères. M'auriez-vous vue un soir ? Je croyais pourtant opérer à l'abri des regards. Je mets assez de soin à m'en assurer ! Cela aurait été un hasard extraordinaire que vous vous soyez trouvée dans un de ces villages que j'affectionne, vous savez, un de ces bourgs qui, dès vingt-deux heures, semble déserté par toute vie humaine, au moment où je m'y livrais à mon vice. Du moins est-ce vous qui qualifiez ainsi mon goût pour les réverbères puisque vous parlez de fixation fétichiste. J'en conclus que vous voyez dans ma pratique une déviation. Mais permettez-moi de vous dire que ce n'est pas mon avis. Qui êtes-vous pour proférer un tel diagnostic ? Pouvez-vous vous targuer de posséder un diplôme en psychologie ? Si vous voulez un conseil : vous devriez laisser les gens en paix. Pour vous déniaiser, vous feriez mieux d'essayer par vous-même : approchez-vous d'un réverbère, choisissez celui qui vous semble le plus luisant et dont la position vous met le plus en danger. Je vous recommande de le faire par temps de brume, pour la fine pellicule d'eau qui fait légèrement scintiller leur noirceur et se dépose sur la chaleur de votre peau comme un baiser humide. Soulevez votre jupe, enserrez-le de votre cuisse et frottez-la contre le métal chaud en longs mouvements de va-et-vient. Vous verrez – c'est un fait et non une fixation infantile de ma sexualité –, je ne connais aucune cuisse masculine, quelle que soit sa dureté, qui vous procure une sensation égale à celle que donne le frottement de votre cuisse contre un pied de réverbère. Ajoutez-y la beauté d'un ciel étoilé ou les écharpes de brume dont ce merveilleux phare, dans son immense générosité, vous ceindra chaque nuit, et vous deviendrez vite accro aux réverbères. Vous devriez vous réjouir de la diversité des pratiques sexuelles au lieu de vouloir normaliser les gens ! Je vous souhaite bien du plaisir, madame, et je vous demanderai, à l'avenir, de ne pas révéler au public un plaisir qui a besoin, pour s'exprimer, du plus grand secret. En effet, qu'adviendrait-il si, désormais, après vous avoir lue, les femmes se mettaient subitement à vouloir sortir leur chien ? Sachez que le fait d'avoir découvert ce plaisir par moi-même l'accroît et que je ne tiens pas du tout à pratiquer un quelconque prosélytisme. Je vous prierai donc de garder vos conseils pour vous et de ne pas en faire part à vos lecteurs. Je ne tiens pas à entendre vos justifications et je vous dis au revoir, madame.

S'étaient-ils donné le mot ? Qui s'amusait à me faire une blague ? Un lecteur ? Mais comment le standard aurait-il pu lui donner mon numéro ? Il n'y était aucunement autorisé. C'était forcément l'une de mes connaissances qui avait lu le dernier numéro du magazine. Mais, dans quel but ? Je prétends mes amis assez intelligents pour ne pas se livrer à ce genre de plaisanterie. Ils savent à quel point j'aime mon métier et ont toujours montré une certaine admiration pour ma capacité à répondre aux situations les plus fantaisistes. Nous en parlons ouvertement ensemble et, aux proches, j'avais même révélé que certaines d'entre elles étaient créées de toutes pièces par mon imagination. Aurais-je froissé la sensibilité de l'un d'eux récemment ? Je n'en avais pas le souvenir. De toute façon, aucun d'eux n'avait de temps à perdre et nous avions passé l'âge de ce genre de farce. Ce qui me troublait, c'était qu'il y avait au moins deux personnes impliquées puisque les deux voix étaient différentes.

Les numéros d'appel s'étaient affichés sur mon récepteur mais, bêtement, je n'avais pas songé à les noter. Je suis retournée à la cuisine pour essayer de me changer les idées mais je ne suis pas arrivée à me défaire de leurs présences entêtantes. La voix de ma dernière interlocutrice me restait dans l'oreille. Elle correspondait tellement à l'idée que je m'en faisais, voluptueuse, sensuelle, légèrement rauque. J'ai regardé les informations, mais j'entendais toujours leurs voix. Le halètement indigné de Micheline se mêlait à l'inflexion lascive de la femme aux réverbères. Je voulais en avoir le cœur net, alors je suis retournée au salon et j'ai contacté les Télécom. Ils m'ont donné les deux numéros qui avaient été composés vers mon domicile, respectivement, à dix-huit heures vingt-trois et à dix-huit heures quarante-cinq et je suis immédiatement allée consulter les pages jaunes sur Internet. Le premier numéro correspondait à une certaine Micheline Gonthier, demeurant 16, rue du Débarcadère à la Roche-sur-Yon. Le deuxième à une dénommée Estelle Samla, pharmacienne, 13, avenue de la Grande Armée à Paris.

C'est curieux, j'ai l'impression que quelqu'un, là-haut, est en train, lui aussi, d'imaginer une de ces impasses dans lesquelles, par oisiveté, je raffole d'emprisonner mes personnages, et je me pose une question : Dieu ne tirerait-il pas une jouissance immense à plonger ses créatures dans les situations les plus inextricables, rien que pour les confronter à sa sagacité, et ne se félicite-t-il pas lorsqu'il entend les battements sourds de leurs cœurs cogner contre leurs poitrines ?

La minute de vérité

Les épluchures de pommes de terre s'amoncelaient au milieu des odeurs de graillon. Depuis dix ans qu'Eva exerçait dans les cuisines de la chaîne de restauration rapide *Comme à la maison*, son poignet n'avait pas perdu de sa souplesse malgré les élancements de l'arthrose. Elle passait ses matinées à confectionner des frites à l'ancienne : grasses, dodues, dorées comme il fallait. Des frites 100 % françaises, pas ces pommes « allumettes » importées des restaurants américains, appelées aussi pommes « paille » et dont la forme donne l'illusion d'être compatible avec la minceur. En mangeant dans l'une des enseignes de cette chaîne, vous étiez sûr que les frites entassées dans votre assiette étaient façonnées par quelqu'un qui avait sué sang et eau pour sculpter dans la masse jaune et dure leur forme allongée. Allier main-d'œuvre artisanale et rapidité du service, tel était le concept qui avait causé le succès de la formule.

Eva travaillait de neuf heures à quinze heures. À midi, elle avait droit à une pause d'une demi-heure où elle pouvait manger gratuitement les menus de la maison. Comme la principale source de vitamines proposée dans ce restaurant venait des pommes de terre, elle commandait le plus souvent les frites qu'elle avait elle-même épluchées, coupées et dorées. Elle allait avoir cinquante ans. C'était l'heure des bilans mais elle ne pouvait s'offrir le luxe de se laisser entraîner par les regrets. Il lui fallait nourrir ses deux enfants qu'elle élevait seule, après que son mari l'eut quittée. Sa principale préoccupation était d'abord de survivre. Avec la pension alimentaire qu'il lui versait et grâce à son salaire de *Comme à la maison*, elle arrivait tout juste à payer son loyer et à leur fournir ce dont ils avaient besoin. Éplucher des pommes de terre lui convenait. Elle ne pensait à rien. Au moins était-elle assise pendant que ses collègues s'agitaient entre la salle et la cuisine. Ses douleurs aux poignets cependant l'inquiétaient car elle n'aurait pas aimé être obligée de se reconvertir en serveuse. La station debout la fatiguait.

Le soir, quand ses deux fils étaient endormis, elle se faisait couler un bain pour enlever l'odeur de friture qui lui collait à la peau et lisait des romans ou se plongeait dans des pièces de théâtre.

Depuis toujours, Eva rêvait d'être comédienne. À vingt ans, encouragée par ses succès d'actrice au lycée, elle s'était inscrite au cours Simon. Elle avait choisi ce cours-là et non un autre parce que – disait-on –, la plupart des acteurs connus étaient passés par lui.

Le jour où elle l'avait visité pour la première fois, elle en avait eu la confirmation en découvrant dans le hall d'entrée une plaque sur laquelle étaient gravés les noms d'une centaine d'acteurs célèbres – de Michel Serrault à Marie-Christine Barrault en passant par Jean-Pierre Cassel et Michèle Morgan. En dessous, on pouvait lire cette devise : *Ici le ridicule ne tue pas.*

Cette phrase était censée signifier que le cours Simon était un lieu où l'on pouvait se dépouiller de sa réserve sans redouter la moquerie. Elle s'adressait aux élèves timides qui choisissaient le théâtre pour l'être moins dans la vie. Mais Eva ne craignait pas le ridicule. À l'abri d'un texte, elle pouvait tout oser : devenir une mégère, se rouler par terre ou pleurer sans retenue. En usant des mots des autres, elle s'autorisait une impudeur qui étonnait tous ceux qui la connaissaient pour sa discrétion. En revanche, elle savait que le théâtre ne lui ôterait jamais sa peur définitive des autres.

Toute petite, elle était déjà d'une timidité maladive. Un jour, elle trouva une tactique pour essayer de s'en guérir : quand elle appréhendait d'affronter les autres, elle se regardait dans la glace en se disant : « Moi aussi, je suis une autre pour eux. Je n'ai donc aucune raison d'avoir peur puisque je ne suis pas moi. ». Plus tard, quand elle découvrit la formule de Rimbaud – *Je est un autre* – elle se dit qu'il avait peut-être eu la même idée qu'elle et qu'il était arrivé à ce constat pour contourner sa peur.

Dès que l'occasion se présentait, à l'école, puis au lycée, elle se proposait pour monter sur les planches, aguerrie par son expérience du dédoublement.

Ce qu'elle attendait du cours Simon, c'était qu'il la rende aussi célèbre que ceux dont les noms étaient gravés dans le marbre. Elle rêvait de s'en remettre au maître des lieux, René Simon, qui avait la réputation de savoir débusquer l'acteur ou l'actrice qui sommeillait en chacun de ses élèves. Mais, hélas, il mourut l'année où elle s'inscrivit et la nouvelle directrice ne possédait pas ses dons d'amplificateur de talent.

Le cours Simon était devenu, comme la plupart des cours de théâtre parisiens, un aspirateur d'argent. Elle y rencontra surtout des jeunes gens de bonne famille caressant l'espoir de se faire un nom. Il n'empêche, quand elle descendait du métro Victor Duruy et marchait sur l'avenue battue par les vents qui la menait à son porche marron, elle accélérait son pas, grisée à l'idée qu'on découvrirait bientôt son talent.

Les cours avaient lieu de dix-sept à vingt heures. Le nombre d'inscrits était tellement important que les élèves étaient répartis entre quatre professeurs. Le sien s'appelait Monsieur Brécourt. Claude Brécourt. C'était un nom qu'elle voyait bien figurer sur le papier glacé d'un programme ou qu'elle imaginait prononcé lors du salut final d'une comédie de boulevard.

Il faisait partie de ces acteurs dont on connaît le visage sans pouvoir y accoler un nom. Les séries télévisées faisaient appel à lui pour sa classe britannique. Il convenait aux emplois de domestiques distingués, d'industriels socialistes ou d'aristocrates désabusés. Flanqué d'un corps trop grand pour lui, il faisait penser à un dinosaure soudain ressuscité quand il dépliait sa carcasse. Il portait toute l'année un duffle-coat vert qu'il n'enlevait pas malgré la chaleur des projecteurs. Son œil bleu pétillant montrait qu'il s'amusait des maladresses de ses jeunes élèves à qui il donnait des indications laconiques. Devant l'héroïsme d'Andromaque, le désespoir de Juliette ou la passion de Ruy Blas, il manifestait la lassitude blasée de celui qui a fréquenté les textes depuis tant d'années qu'il en connaît tous les secrets.

Eva aimait bien s'installer sur la loggia qui surplombait la salle. Elle trouvait autant de plaisir à regarder jouer qu'à être sur scène.

Les premiers jours, Claude Brécourt demandait à chacun des élèves d'apprendre le texte de son choix. Certains avaient appris des fables de La Fontaine, d'autres des scènes du répertoire classique et d'autres, désireux de capter son attention, des sketches d'humoristes. Comme Claude Brécourt, Eva s'amusait à assister aux performances des timides qu'on n'entendait pas, des maladroits qui bégayaient ou des fanfarons qui jouaient faux. C'était la même lutte contre soi, le même désir d'exister. Il y avait aussi ceux qu'on écoutait, ceux qui savaient faire vivre les mots, ceux qui, rien qu'en marchant, dégageaient une présence magnétique. À ceux-là, Eva se demandait ce que le cours pourrait bien apporter. Quinze jours après son arrivée, ce fut à son tour de passer. Elle avait choisi un texte de Paul Claudel qui commençait par ces phrases : *Il est midi. Je vois l'église ouverte. Il faut entrer.* Alors qu'elle cherchait des idées dans la bibliothèque de son lycée, elle avait ouvert par hasard une édition et elle était tombée sur ces mots. En les prononçant à voix haute, elle s'était rendu compte qu'ils coulaient naturellement dans sa bouche et elle n'eut aucun mal à les apprendre.

Quand Claude Brécourt l'appela, elle descendit de la loggia, remonta l'allée centrale et grimpa sur la scène. Elle voyait la poussière danser dans les rais des projecteurs et, dans le gouffre noir qui lui faisait face, elle devinait les yeux ironiques de son professeur briller dans l'ombre. À peine eut-elle prononcé *Il est midi*, qu'elle vit la silhouette d'une chapelle se dresser dans la campagne écrasée de chaleur. Et quand elle dit *Je vois l'église ouverte*, elle se sentit guidée par la nécessité d'y entrer. Elle n'avait pas besoin d'élever la voix : elle était habitée. La chaleur l'accablait, la soif l'étreignait. Elle avait marché dans cette campagne aride et la chapelle qui lui apparaissait au loin, c'était Dieu qui n'allait pas tarder à lui tomber dessus. Pas besoin de crier pour dire cette révolution qui se préparait. Ces simples mots suffisaient à exprimer la nécessité intérieure qui guidait leur auteur.

Quand elle eut fini de dire son monologue, le silence se fit dans la salle. Claude Brécourt se gratta la gorge et lui dit simplement :

– C'était bien. Si tu avais juste parlé un petit peu plus fort, ç'aurait été parfait. Je vais te donner une liste de rôles. Toi, il faut que tu travailles des petites bonnes femmes fortes et fragiles à la fois. Tu vas aller voir du côté d'Antigone, de Juliette, d'Iphigénie. On va commencer par Antigone. Je te laisse choisir ta réplique.

À la sortie du cours, la nuit était tombée. En marchant sur le boulevard, Eva essayait de se remémorer qui étaient Antigone, Juliette et Iphigénie. « Des petites bonnes femmes fortes et fragiles à la fois », selon son professeur. C'était l'idée qu'elle s'en faisait aussi, d'après de vagues souvenirs de ses cours de français.

Elle avait étudié des scènes d'Antigone en classe et se souvenait de la photographie en noir et blanc de l'édition Larousse : une jeune fille brune et pâle, dans une robe de bure toute droite, tenant tête à un vieil homme drapé dans une tunique. L'histoire d'Antigone lui revint d'un coup : elle avait été condamnée à mort pour avoir enseveli son frère Polynice malgré les ordres du roi Créon. N'écoutant que sa conscience, et malgré la menace de mort qui pesait sur elle, elle s'était entêtée à vouloir l'enterrer. Eva se souvenait d'un texte très beau dit par une jeune fille qui se moquait de mourir, fière, sûre d'elle, intransigeante. Était-ce une force de cet ordre que son professeur sentait en elle ?

Des visages croisés au cours Simon lui revenaient parfois, les traits brouillés, tandis qu'elle épluchait mécaniquement.

Qu'étaient-ils devenus ? Avaient-ils connu la célébrité ? Exerçaient-ils le métier d'acteur ou bien s'étaient-ils dirigés vers d'autres activités ? Antigone, Juliette, Iphigénie, continuaient-elles à ressusciter chaque année sous les traits de nouvelles jeunes filles ? Quels visages avaient les comédiennes qui illustraient les nouveaux Petits Classiques Larousse sur les photographies en noir et blanc ?

Au cours Simon, dès le premier jour, Eva avait repéré un garçon au visage torturé qui ressemblait comme un jumeau à Antonin Artaud jeune. Il s'appelait Xavier Dorval. De l'écrivain, il avait la sensibilité exacerbée, les joues creuses et le regard fiévreux. Claude Brécourt la désigna pour qu'elle lui donne la réplique dans *Six personnages en quête d'auteur* de Luigi Pirandello. Dans cette pièce, les personnages cherchaient désespérément l'auteur qui les avait créés. Il était vital qu'ils le trouvent car, sans lui, ils ignoraient le texte qu'ils devaient dire. Au moment où commençait la pièce, ils étaient venus rencontrer le directeur d'une troupe de théâtre pour le supplier de les laisser jouer la pièce que l'auteur avait écrite pour eux. Celui-ci leur avait donné vie sans achever de les mettre au monde et ils étaient impatients d'interpréter le drame pour lequel ils avaient été écrits. L'argument de la pièce était singulier et seyait bien à la présence étrange de Xavier Dorval.

Tous les deux répétaient le plus souvent chez les parents d'Eva qui, ces jours-là, restaient cloîtrés dans leur salon pour échapper aux cris des scènes de ménage. Le personnage qu'interprétait Xavier Dorval était un jaloux. Il n'y pouvait rien, il avait été écrit avec ce trait de caractère. Il fallait absolument qu'il rencontre l'auteur pour que celui-ci lui invente un motif de jalousie, une femme qui l'aurait trompé par exemple, sinon son existence ne se justifiait pas.

Un jour, ils décidèrent de répéter chez Xavier Dorval. Il la prévint que, pour accéder à sa chambre, il faudrait qu'elle hurle son prénom devant l'immeuble du 3, rue du Regard. Il ouvrirait alors ses fenêtres et lui lancerait du sixième étage une paire de chaussettes dans laquelle il glisserait la clé de la porte d'entrée. Ce jour-là, elle savait qu'ils coucheraient ensemble. C'était inévitable dans une pièce si petite qu'on ne pouvait faire trois pas sans se cogner à un lit sur lequel le jeune homme à la présence fiévreuse passait ses nuits. En effet, dès qu'elle pénétra dans sa chambre, Xavier Dorval pencha vers elle son visage osseux et l'amena délicatement jusqu'à son lit. Il lui fit découvrir un plaisir que la transgression rendait plus aigu car elle devait tromper la vigilance de ses parents pour le retrouver. Elle le rejoignait parfois la nuit après s'être assurée que ses géniteurs dormaient. La rue du Regard était déserte à l'heure où elle venait. Elle hurlait « Xavier! » avant de voir la lumière de sa chambre s'allumer et, l'instant d'après, la paire de chaussettes chutait à ses pieds.

La plupart du temps, ils ne dormaient pas. Ils faisaient l'amour jusqu'à ce que le jour bleuté apparaisse derrière la fenêtre. La chambre de Xavier Dorval était tapissée de livres. Il avait été premier au concours général de français, lui disait-il. Eva l'écoutait lui parler de philosophie et de littérature, puis ils faisaient l'amour à nouveau et elle reprenait le métro pour regagner le pavillon familial dans les lueurs du petit matin.

Dans la chambre de bonne de Xavier Dorval, ils étaient deux personnages en quête d'un auteur qui leur écrirait la vie passionnante dont ils rêvaient.

La même année, ils tentèrent tous les deux le concours de l'École nationale de la rue Blanche et le Conservatoire National d'Art Dramatique. Xavier Dorval fut admis à la rue Blanche, pas Eva. Dès lors, comme elle s'y attendait, leur histoire n'y résista pas. Il rencontra d'autres jeunes filles et s'épanouit dans de nouvelles aventures théâtrales.

L'échec aux concours nationaux fut la première étape qui la mena sur le chemin de la désillusion.

Qu'était devenu Xavier Dorval ? Il n'y avait pas si longtemps, elle avait vu son nom sur une affiche dans le métro. La pièce qui se jouait au théâtre de l'Atelier s'appelait *Dans sa robe verte.* L'auteur avait un nom indien et la mise en scène était signée Xavier Dorval. Elle était en route pour son travail quand son nom l'avait arrêtée. Sa gorge s'était serrée. C'était la pièce dans laquelle il avait projeté de lui donner le premier rôle si jamais il la montait un jour.

D'autres visages lui revenaient, comme celui de Laura. C'était l'autre jeune fille de la compagnie qu'ils avaient montée avec plusieurs camarades. Brune, piquante, le nez retroussé, elle jouait avec esprit les soubrettes de Marivaux et de Musset. Ils avaient monté une pièce de Molière, *Le Sicilien ou l'Amour peintre*, qu'ils avaient transposée à l'époque de la Nouvelle-Orléans. Pour cela, ils allaient tous prendre des cours de claquettes dans le Marais. Laura avait une formation de danseuse et la grâce imprégnait tous les pas qu'elle enchaînait sans difficultés. Le théâtre lui permettait de fuir les drames qu'elle vivait chez ses parents. Eva se souvenait que son père était pris de temps à autre, de *bouffées délirantes.* « Elles arrivent comme un orage dans un ciel d'azur », avait dit le médecin. Son frère aîné, astro-physicien, avait sombré dans la schizophrénie et son petit frère était considéré comme un autiste. Peut-être la légèreté de son jeu était-elle sa façon d'oublier la folie qui rôdait, et une hérédité qu'elle redoutait.

Qu'était devenue Laura, elle qui n'avait pas fait d'études et ne voulait rien faire d'autre que du théâtre ? Aux dernières nouvelles – c'était il y a vingt ans – elle habitait un petit studio prêté par un ami rue Daguerre et elle jouait au *Café d'Edgar* dans une comédie appelée *Les trois vamps.*

Eva se souvenait aussi de ce garçon au regard fixe et aux longs cils recourbés qu'ils appelaient *l'Hypnotiseur*. Il assurait que le conscient pouvait diriger l'inconscient. Il avait lu des livres là-dessus. Grâce à sa pratique de l'auto-hypnose, il était arrivé, disait-il, à s'arrêter de fumer et à s'endormir de bonne heure. Il voulait convaincre Eva de se laisser hypnotiser. « Ne t'inquiète pas. Je ne te ferai pas faire un acte que ta morale réprouve. » Mais Eva avait toujours refusé de se prêter à ses expériences. Laura, elle, avait accepté et prétendait que, depuis qu'elle suivait les séances de *l'Hypnotiseur*, elle n'avait plus d'appréhension avant de se rendre au magasin où elle travaillait. À force de penser que la perspective de retrouver sa patronne épaisse et gueularde la mettait en joie, la boule qui pesait chaque matin sur son estomac avait fini par disparaître. « Associe la porte vitrée de ton magasin à un sentiment de bonheur. Tu verras le résultat. » D'après Laura, ce fut probant. Depuis, elle allait à son travail en chantant.

La dernière année d'existence de leur compagnie, *l'Hypnotiseur* leur avait annoncé qu'il ferait des études pour devenir hypnothérapeute. Il n'abandonnerait pas le théâtre mais n'en ferait plus qu'en amateur.

Il y avait aussi Ludivine, dont la mère était psychanalyste et le père psychiatre. Ce qui fascinait Eva, c'était le don qu'elle avait pour établir des ponts entre les micro-événements de sa journée. Ainsi pouvait-elle mettre en regard deux faits qui n'avaient rien à voir l'un avec l'autre et découvrir entre eux un lien secret. Elle ne supportait pas de ne pas trouver d'explication à un phénomène. Par exemple, elle ne comprenait pas pourquoi l'idée de donner la réplique à une élève du cours la mettait de mauvaise humeur. Il n'y avait pas de raison apparente. Cette élève était tout à fait charmante. Mais, quand elle se rappela son prénom, Clémence, que nous appelions tous « Clé », elle ne put s'empêcher de le mettre en rapport avec la perte récente de ses clés qui l'avait beaucoup contrariée. Claude Brécourt lui disait : « Peux-tu essayer d'oublier un peu ta tête, Ludivine ? Arrête d'analyser, bon sang de bonsoir ! » Mais, pour Ludivine, c'était une seconde nature. Elle était née dans un bain d'analyse.

Combien d'entre eux avaient abandonné cette vie insouciante pour rentrer dans la vie active ? Comment s'étaient-ils accommodés des contraintes de la vie ? Étaient-ils eux aussi des personnages en quête d'auteur ? Erraient-ils dans leurs vies, porteurs de drames qu'ils n'arrivaient pas à jouer ? Claudia était-elle sortie de son studio de la rue Daguerre ? Xavier Dorval arrivait-il à vivre décemment de son art ? Lui qui aimait tant séduire, menait-il une vie stable ? Était-il père de famille ?

Eva se demandait s'il leur arrivait de songer comme elle à cette époque où ils essayaient tant bien que mal de donner corps à des vies qui n'étaient pas les leurs sous les projecteurs du cours Simon.

À l'époque, un rêve venait la hanter régulièrement : tandis qu'elle discutait avec des amis à la table d'un restaurant au décor raffiné fait de parquet, de lustres et de rideaux pourpres, ceux-ci s'ouvraient soudain, dévoilant une mer de visages : elle se trouvait sur une scène de théâtre et tous ces gens attendaient le texte qu'elle allait dire et dont elle n'avait pas la moindre idée. Elle se réveillait en sueur et le cœur affolé.

À présent qu'elle travaillait au restaurant *Comme à la maison,* les bouffées de sa vie ancienne lui revenaient en mémoire de plus en plus rarement. Dans ses moments de tristesse, elle voyait les visages déformés et vaporeux des élèves s'inscrire sur les bulles graisseuses qui montaient jusqu'au plafond de sa cuisine. Il y avait longtemps qu'elle ne s'était plus dit *Je est un autre* pour se donner du courage. *Je est un autre* était un constat amer. Elle n'était plus celle qu'elle avait été, enjouée, fébrile, passionnée. Toute une série de résignations avait fini par éteindre la flamme d'autrefois.

La nuit, elle sombrait dans un sommeil lourd et se réveillait sans se rappeler le contenu de ses rêves. Les cauchemars avaient disparu en même temps que l'intensité d'exister. Parfois elle s'accoudait à côté de la friteuse et, les yeux dans le vide, elle écoutait le chuintement de l'huile bouillante. À Noël, des menus promotionnels étaient placardés au-dessus des caisses. Les cartes étaient plus variées. Elle fabriquait des pommes dauphine, des pommes mousseline, de la purée maison. Elle avait l'impression de n'être plus qu'une main qui épluchait. Le gérant lui avait proposé des heures supplémentaires qu'elle avait acceptées pour pouvoir payer les cadeaux de ses enfants.

Un jour, elle vit, sur la couverture d'un magazine, le portrait d'un ancien élève du cours Simon : l'acteur Bernard Lambron.

Il venait de réaliser son premier film. Celui-ci s'appelait *Le côté obscur.* La légende qui accompagnait sa photographie disait : *Le côté obscur de Bernard Lambron.* Elle acheta le magazine pour le lire dans son bain.

Bernard s'était fait connaître par ses one man-shows comiques. Il avait beaucoup fait rire la France avec ses satires d'émissions télévisées dont la plus célèbre était celle de *L'école des fans* qu'il avait baptisée *L'école des glands.* Dans le sillage de son succès, il avait composé des chansons qui caricaturaient les danses du moment. La plupart devinrent des tubes. Dans les cours de récréation, tous les enfants fredonnaient *Mon caleçon et moi.* Au collège, les garçons invitaient les filles à danser sur un slow hilarant intitulé *Jean-Philippe.* Au bureau, on organisait des pots sur la musique de *Viens à mon pot, je t'invite !*

Le cinéma l'avait engagé d'abord pour des rôles comiques puis, un metteur en scène eut l'idée de génie de lui faire jouer le rôle d'un clochard plein d'humanité. La France entière pleura, en même temps qu'elle découvrait en lui un acteur sensible. Dès lors, les rôles s'enchaînèrent. Il interpréta un homme qui perd la mémoire, un époux marié à une femme trop belle, un innocent qui se fait abuser par son employeur, personnages qui avaient tous comme point commun la perte progressive de la naïveté. C'est que Bernard possédait un visage d'une grande mobilité, qui pouvait passer de la niaiserie béate aux plus fines expressions de l'intelligence et les cinéastes en raffolaient.

Eva avait vu tous les films où jouait Bernard Lambron. Quand il apparaissait sur l'écran, elle avait l'impression qu'il s'adressait à elle. Il avait peu changé depuis le cours Simon. À l'époque, il faisait partie de leur compagnie qu'ils avaient baptisée *La compagnie du fond de cour* parce que les répétitions avaient lieu au fond d'une cour d'immeuble. Le metteur en scène donnait systématiquement à Eva et à Bernard les rôles de jeunes premiers, pas seulement parce qu'ils étaient beaux, vifs et pétillants – d'autres dans la compagnie l'étaient aussi – mais parce qu'ils possédaient cette caractéristique commune de laisser deviner sous leur candeur initiale la complexité future de leurs sentiments. D'ailleurs, c'était drôle, maintenant qu'elle y songeait, qu'il n'y ait pas eu d'aventure amoureuse entre Bernard et elle, tant ils se ressemblaient.

La journée avait été harassante. Eva se fit couler un bain chaud et versa dedans quelques gouttes d'huiles essentielles relaxantes, puis elle alluma un bâton d'encens et disposa des bougies autour de la baignoire. C'était le rituel du soir auquel elle se livrait pour effacer ces journées si éloignées de l'incandescence d'autrefois.

Elle ferma les yeux et se laissa flotter. Elle était dans les coulisses, trente ans en arrière. Les lumières venaient de s'éteindre. Le théâtre bruissait. Sur la scène, elle voyait la basque en satin jaune de Bernard Lambron briller sous les projecteurs. Il jouait Arlequin dans la pièce de Marivaux, *Arlequin poli par l'amour*. Dans quelques minutes, ce serait la scène de leur rencontre.

La pièce racontait l'histoire d'une fée habituée à ce que personne ne lui résiste. Un jour, elle aperçoit Arlequin et tombe immédiatement amoureuse de lui. Arlequin est fort joli mais il a un gros défaut : il ne s'intéresse pas du tout à elle. Outragée, la fée ne voit qu'une explication à son manque de discernement : il lui manque la culture et de l'éducation. Qu'à cela ne tienne ! : elle décide de le capturer pour l'initier aux usages du monde. Elle lui fait donner des cours de philosophie, de maintien, de langue, d'histoire en se disant qu'une fois « poli » par elle, il ouvrira enfin les yeux. Mais rien ne se passe comme elle l'avait prévu. L'amour ne se commande pas. Le pouvoir de la fée n'agit pas sur les inclinaisons du cœur. Un après-midi, alors qu'il joue avec une raquette, Arlequin fait tomber sa balle aux pieds d'une jeune paysanne et, quand il relève la tête, il aperçoit la plus jolie figure qu'il ait jamais vue. Eva interprétait le rôle de la jeune paysanne, dénommée Silvia. Arlequin et Silvia prennent un plaisir de plus en plus grand à se revoir jusqu'à tomber éperdument amoureux l'un de l'autre. L'amour donnera de l'esprit à Arlequin et le rendra *poli.* Naturellement rusé, Arlequin devient un beau parleur. Il réussira à endormir la méfiance de la fée et lui dérobera sa baguette. Sans baguette, plus de pouvoir. La fée, mise à nu, finira bafouée, injuriée, offensée.

Aucun rôle ne semblait à Eva plus approprié à Bernard que celui d'Arlequin : avec sa chevelure bouclée, son nez en trompette, son visage délicat, il incarnait à la perfection la grâce juvénile d'Arlequin. Le spectateur suivait son évolution intérieure rien qu'en regardant les traits de son visage : le bouffon un peu poltron du début se métamorphosait à la vue de Silvia. Au fil des scènes, Bernard abandonnait sa démarche balourde. Son jeu grossier s'affinait jusqu'à exprimer les nuances les plus délicates et, à la fin de la pièce, il était devenu, au grand désespoir de la fée, le jeune homme raffiné qu'elle avait voulu façonner et ce, par le seul miracle de l'amour.

Les yeux d'Eva piquaient. Elle se passa de l'eau sur le visage pour enlever la mousse qui s'y était introduite. Avant de lire l'article sur Bernard Lambron, elle voulait prolonger encore ce moment qui lui rappelait qu'elle avait été comédienne dans une autre vie. Elle convoqua sa mémoire afin qu'elle l'aide à revivre au plus près la scène de leur rencontre. Son costume n'avait pas la diaprure de celui de la fée mais comme elle était jolie, à vingt ans, en robe de coton clair, les cheveux simplement noués par un ruban de velours ! Bernard et elle étaient des jeunes premiers séduisants. Elle se demanda si Bernard avait été amoureux d'elle. D'après le souvenir qu'elle avait de cette période, elle croyait pouvoir dire que ça n'avait pas été le cas. Et, en tout cas, si cela l'avait été, elle était trop préoccupée par l'indifférence de Xavier Dorval, qui s'éloignait d'elle depuis son admission à la rue Blanche, pour s'intéresser à d'éventuels sentiments de Bernard à son égard. Mais, aujourd'hui, à la lumière de ses souvenirs, elle se demandait, en se repassant la scène, si Bernard n'avait pas essayé, à travers son rôle d'Arlequin, de lui envoyer un message. Elle demanda à sa mémoire de resserrer le plan sur lui : dans l'axe de sa vision, elle voyait Bernard courir sur le plateau, un volant dans la main gauche, une raquette dans la main droite. D'un geste apparemment maladroit mais en réalité fort précis, il lançait son volant qui atterrissait à l'entrée des coulisses. À cet instant précis, Eva sortait la pointe de son escarpin. Alors, elle assistait à la transformation de Bernard. Tombé face contre terre pour rattraper son volant, il relevait lentement sa tête qui s'était collée contre la jambe d'Eva. Lentement, tandis qu'un air de violon s'élevait dans l'air, le regard de Bernard remontait vers sa cuisse, ses hanches, sa poitrine qu'Eva soulevait dans un halètement affolé, puis il suivait son cou gracieux et enfin ses yeux dans lesquels il plongeait. Pendant une minute, ils se buvaient du regard. Le metteur en scène avait voulu que le temps de leur regard dure vraiment une minute car, pour lui, cet instant était la clé de voûte de la pièce : c'était le moment où Arlequin se dépouillait de ses oripeaux de bouffon grossier et où il accédait à la révélation de l'amour. Cette minute, Eva s'en souvenait, lui paraissait interminable. Elle avait l'impression que Bernard et elle étaient deux funambules qui se faisaient face et que, s'ils cessaient de se regarder, ils tomberaient dans le vide. L'intensité du regard de Bernard la mettait mal à l'aise et elle n'avait pas voulu la prendre pour son compte. Aujourd'hui, dans son bain, en repensant au ravissement qu'elle avait lu dans ce regard, elle songea que personne ne lui en avait adressé de tel depuis.

Il lui semblait entendre encore le violon qui s'élevait dans la salle pendant cette minute sacrée où le public, muet, retenait son souffle.

Eva ouvrit les yeux. Les souvenirs du cours Simon se brouillaient dans la vapeur de son bain. Elle reprit son magazine pour lire l'article consacré au premier film de Bernard Lambron. C'était l'histoire d'un couple dont l'homme s'aperçoit que la femme lui cache un secret. Eva savait que Bernard était marié depuis quinze ans. Un détail lui revint : sa femme portait curieusement le même prénom qu'elle. Le journaliste lui demandait si ce film était autobiographique. Elle plissa ses yeux pour mieux lire : « *Sans être complètement autobiographique, j'ai écrit un film très personnel. Comme moi, Rémi a peur de la mort. Pas parce qu'elle signe la fin de quelque chose mais parce que c'est le moment des regrets, où l'on s'aperçoit que l'on a vécu comme dans un rêve. Mon personnage a l'impression de vivre un rêve éveillé. Moi aussi, j'ai pris conscience à trente-huit ans que je vivais comme dans un rêve et, depuis, je ne cesse de me demander comment faire pour m'accrocher au réel* ».

On lui demandait aussi si ce « côté obscur » n'était pas plus le sien que celui de sa femme dans le film. N'avait-il pas voulu dire qu'il avait, lui aussi, un côté obscur et qu'il n'était pas uniquement l'acteur comique qu'on connaissait ? « *Oui,* répondait Bernard, *c'était difficile pour moi de passer pour un rigolo alors que je ne me voyais pas ainsi. J'ai joué dans beaucoup de rôles humoristiques alors que je ne me suis jamais senti comique.* »

Eva se réjouissait sincèrement que le cinéma lui offre enfin une revanche. Même si, pour elle, la vie n'avait pas été facile, elle n'était pas jalouse de son succès. Il le méritait, il avait travaillé pour l'obtenir. D'ailleurs, elle avait su avant tout le monde que Bernard était un grand acteur.

C'était bizarre, cette idée qu'il avait l'impression de vivre un rêve et qu'il devait faire des efforts pour s'accrocher au réel. En même temps, sa réponse ne l'étonnait pas car, chaque fois qu'elle voyait Bernard, au cinéma ou dans des émissions de télévision, même s'il se prêtait de bonne grâce au jeu de l'interview, on voyait à de petits signes qu'il était à la recherche d'une dimension cachée : après avoir parlé, sa bouche restait à demi ouverte comme si les mots ne suffisaient pas à rendre ce qu'il cherchait à dire. Son regard flottait toujours un peu plus loin que la caméra, vers un horizon fuyant. Bernard disait qu'il avait fait un film pour tenter de saisir cet impalpable qui lui échappait sans cesse.

Elle posa le magazine sur le meuble de la salle de bains pour éviter qu'il ne se mouille puis sortit du bain. Quand elle se regarda dans la glace, l'éclairage au néon de son armoire de toilette lui renvoya ses cernes et ses rides. Elle fit couler son lait démaquillant sur une rondelle de coton et se frotta les joues avec, comme si ce geste avait le pouvoir de les effacer. L'interview de Bernard Lambron la troublait. Elle trouvait ses phrases mystérieuses. Pourquoi avait-il eu l'impression de vivre éveillé pendant des années ? Quels rêves poursuivait-il ? Et elle ? Dans quel entrelacs d'événements s'était-elle prise pour abandonner ce qui avait été sa passion ? Elle était jolie et elle avait du talent, elle aussi. Le théâtre avait été sa vie. Que s'était-il passé pour qu'elle n'en ait pas fait son métier ? Sa peur des autres l'avait-elle empêchée d'aller vers ceux qui auraient pu la repérer ?

Elle jeta les rondelles de coton dans la poubelle. Après tout, elle n'avait à s'en prendre qu'à elle. Bernard, lui, était allé de l'avant. Il s'était présenté à des castings, avait fait de la figuration, avait écrit des sketches.

Ce n'était pas *Ici le ridicule ne tue pas* qu'il aurait fallu inscrire au fronton du cours Simon mais *Si vous ne voulez pas rater votre vie, ne vous laissez pas engloutir par la peur.*

Elle enfila son peignoir de bain puis rouvrit le magazine à la page de l'article. Quand elle le reprit, elle eut un mouvement de recul : sur une page du journal, Bernard était photographié à côté d'une femme qui lui ressemblait comme une jumelle. La légende disait : *Bernard Lambron et sa femme Eva lors de l'avant-première de « Côté obscur ».*

Elle fouilla dans le tiroir et sortit sa glace à épiler. C'était incroyable : en la plaçant au-dessus de la photographie, son effet grossissant permettait de distinguer nettement les visages.

Elle faillit s'évanouir : Eva Lambron lui ressemblait de manière troublante : mêmes cheveux auburn, même sourire franc, même nez retroussé, mêmes yeux bleu vert. Bernard avait-il épousé cette femme parce qu'elle était le portrait d'Eva ou l'avait-il amenée à devenir son portrait ? Était-il possible qu'il l'ait poussée à porter la même couleur de cheveux qu'elle ? Et son prénom ? Était-ce un hasard qu'il fût identique ? Se pouvait-il que Bernard ait été amoureux d'elle au point d'amener sa femme à devenir son sosie ? Aurait-elle dû interpréter cette minute interminable pendant laquelle il plongeait son regard dans le sien comme la déclaration d'amour silencieuse la plus belle, la plus longue, la plus indicible qui soit ? N'avait-elle donc rien compris ? Et ce film, *Le côté obscur*, n'était-il pas un appel qu'il lui adressait à travers les années pour traquer une vérité qu'il ne lui avait jamais avouée ? Était-il possible qu'il ne l'ait jamais oubliée ?

Il était presque minuit. Sur la vitre, un voile de givre s'était déposé. Elle ferma son peignoir pour regagner sa chambre. Juste avant de se coucher, elle chercha sur son étagère l'exemplaire qu'elle avait gardé d'*Arlequin poli par l'amour.* Au milieu des livres de théâtre qu'elle avait conservés de l'époque du cours Simon, elle reconnut la tranche bleue, un peu racornie, de l'édition complète. Ses yeux filaient sur la page jusqu'à ce qu'elle retrouve la scène de leur rencontre. En la lisant à nouveau, trente ans après l'avoir jouée avec Bernard Lambron dans un square du Marais, elle entendit, indistinctement d'abord, puis avec de plus en plus d'intensité, le son plaintif d'un violon. Autour d'Arlequin et de Silvia, le temps s'était immobilisé.

Bernard Lambron plongeait son regard dans le sien comme personne ne l'avait plus jamais fait depuis.

Elle referma le livre à regret en soupirant. Il était tard et elle devait se lever tôt. À quoi bon se faire du mal ? Si elle était passée à côté de sa vie, il était trop tard de toute façon. Elle referma le livre, enfila son pyjama, se coula dans son lit et éteignit la lumière. Demain, c'était un jour spécial : le gérant avait demandé à l'équipe de réfléchir aux menus de la Saint Sylvestre. Elle hésitait : qu'est-ce qui irait le mieux avec les viandes ? les pommes de terre en gratin ? duchesse ? à la diable ?

Incapable de trouver le sommeil, elle se tournait et se retournait dans son lit. Les phrases de Bernard lui revenaient, intactes en mémoire : « *Comme moi, Rémi a peur de la mort. Pas parce qu'elle signe la fin de quelque chose mais parce que c'est le moment des regrets, où l'on s'aperçoit que l'on a vécu comme dans un rêve* ». Et jusqu'à l'aube, elle se demanda ce qu'il avait voulu dire.

Comme tous les après-midi

Comme tous les après-midi, Carole était assise devant son téléviseur seize-neuvième à écran plasma. Elle regardait sans vraiment les voir des filles blondes aux lèvres brillantes qui faisaient s'entrechoquer des glaçons dans des verres à whisky. Ce qui la frappait, c'étaient ces rides qui creusaient leurs fronts. Comment des filles aussi jeunes pouvaient-elles avoir le front barré de sillons aussi profonds ?

En général, elles faisaient face à des bellâtres au regard invariablement bleu délavé qui protestaient de leur bonne foi. Carole aurait pu arrêter le son : il suffisait de voir leurs regards embués fixés par des gros plans pour deviner leur désarroi. Même s'ils avaient tout pour être heureux, – argent, voitures, pouvoir –, on comprenait que des drames épouvantables se jouaient entre ces poupées décolorées et ces jeunes gens au physique avantageux. Leurs jeux de physionomie appuyés soulignaient la suspicion qu'ils se portaient mutuellement. Dans les sphères argentées où ils étaient supposés évoluer, la plus grande partie de leur activité consistait à nourrir du ressentiment.

Chez les plus âgés, la rancœur prenait la forme d'un cynisme plus raffiné : des femmes liftées à la soixantaine élégante, filmées en contre-plongée, regardaient les spectateurs en levant un sourcil hautain, et cette attitude méprisante supposait qu'elles avaient de la classe. Elles devisaient avec des hommes aux cheveux blancs qu'on devinait riches et un peu las. Ensemble, ils évoquaient la chute du dollar, les divorces annoncés et la dépression qui rôdait, en faisant tourner des flûtes de champagne dans leurs mains manucurées. Le détachement avec lequel ils envisageaient les catastrophes montrait qu'ils appartenaient à la catégorie de ceux qui savent que l'argent peut tout acheter. Le ton de leurs conversations était feutré comme les moquettes de leurs maisons de Beverly Hills.

Ce qui maintenait Carole devant son poste, c'était le concentré de malheurs qui s'y déployait : une fille de quinze ans se retrouvait enceinte d'un ami de son père, un gendre trompait son épouse avec sa belle-mère, deux frères se disputaient depuis l'enfance l'amour de leur mère : l'aîné, son préféré, réussissait tout ce qu'il entreprenait, tandis que le cadet sombrait peu à peu dans la délinquance. Une indécrottable bru dépressive noyait son chagrin dans l'alcool. Un concurrent zélé s'acharnait à détruire l'empire familial et Carole suivait chaque après-midi les aléas de ce ramassis d'arrivistes qui avait fini par devenir sa famille de l'après-midi.

Au moins se passait-il des choses dans ce rectangle bleuté, à défaut que ce fût dans sa vie.

Elle faisait aller et venir son fer à repasser sur la table avec des gestes précis et énergiques. Les chemises pliées au cordeau s'entassaient dans une bassine en plastique rose pendant que les limousines défilaient sur l'écran et que les gratte-ciel l'écrasaient de leur puissance.

Depuis que la famille Steiner s'était installée dans le lotissement, elle ne manquait pas de travail. Avec leurs cinq enfants, elle héritait d'une quantité astronomique de grenouillères, de polos, de jupes et de pantalons et elle était sûre d'en remplir toutes les semaines deux bassines. À raison de dix euros de l'heure, elle arriverait à gagner grosso modo quatre cents euros par mois. Sans compter les extras : arrosages de fleurs, gardes de chiens, nourriture des chats et surveillance des maisons, qui lui ajouteraient une centaine d'euros supplémentaires.

Les Steiner formaient une famille inhabituelle pour le secteur. Comme dans les séries américaines, ils avaient sonné à sa porte le jour de leur arrivée en lui tendant une tarte chaude sous un torchon. Le mari, Paul Steiner, travaillait au Muséum d'Histoire Naturelle. Il avait tout du chercheur comme on le représente dans les films catastrophes : le genre d'homme barbu affublé de lunettes, qui se bat contre les intérêts de gros industriels et vous démontre qu'en continuant à exercer leur politique, ils font courir à la planète une catastrophe irréversible.

Quand Carole lui demanda ce qu'il étudiait, il lui répondit un nom bizarre : la conchyliologie. Il expliqua à Carole qu'il s'agissait de la science des mollusques à coquillage. De temps en temps, il partait à l'autre bout du monde, à Tahiti ou en Nouvelle-Calédonie, et il promit à Carole de lui en rapporter quelques spécimens intéressants.

Son épouse, Elise Steiner, quadragénaire blonde et chaleureuse, était bibliothécaire à la médiathèque d'Évry. C'était elle qui avait eu l'idée de la tarte aux pommes. Carole connaissait ce bâtiment de bois et de verre. Elle s'y était rendue un samedi où l'on jouait *Toc-toc,* une pièce écrite par un animateur de télévision.

Des intellectuels dans le lotissement, c'était plutôt surprenant. Carole leur était reconnaissante d'être venus la voir mais elle se dit qu'ils ne lui trouveraient rapidement aucun intérêt.

De quoi pourraient-ils discuter en dehors des programmes de télévision ? Des cérébraux dans leur genre ne la regardaient sûrement pas.

Elle prit l'habitude de les observer de sa fenêtre.

Le matin, c'était Elise Steiner qui partait la première. Elle emmenait sa progéniture à l'école dans un monospace gris clair sur la vitre duquel était apposée l'étiquette *Enfants à bord*. Les enfants y montaient en file indienne. On avait l'impression qu'une rafale de vent les poussait dans la voiture.

Un quart d'heure après, c'était au tour de Paul Steiner d'apparaître. Elle voyait sa silhouette maladroite flotter dans son duffle-coat beige et sa main gauche fermer sa porte à double tour tandis que la droite serrait la poignée d'une serviette en cuir usé. Puis il marchait lentement jusqu'à sa voiture et s'efforçait d'y faire entrer une carcasse dont il ne semblait pas savoir quoi faire.

Le mari de Carole était ambulancier. Chaque matin, elle avait sous les yeux le véhicule blanc et bleu qu'il garait dans la cour. Ainsi, même si elle avait voulu éviter de penser à la maladie et à la mort, la présence de l'ambulance devant ses fenêtres l'en empêchait.

Après avoir avalé un café et deux tartines dans la cuisine, Jacques l'embrassait rapidement sur le front et lui disait : « À ce soir ! »

Elle entendait la portière claquer, le crissement des pneus sur le gravier puis le silence s'abattait sur la maison.

Contrairement aux Steiner, Carole, elle, n'avait pas d'enfants à conduire à l'école. Elle n'avait pour horizon que son salon, le tic-tac de sa pendule et l'écran qui la reliait au monde. À trois reprises elle était tombée enceinte mais ses grossesses s'étaient toutes soldées par des fausses couches. À qui des deux la faute en incombait, ni Carole ni Jacques n'avaient jamais vraiment cherché à savoir, sans doute par peur de se le reprocher et de ternir un peu plus l'avenir qui les attendait.

La dernière fois, c'étaient des jumelles qu'elle avait perdues. On lui avait dit qu'elle pourrait les garder à la condition de rester allongée pendant toute sa grossesse. Folle de joie, elle s'était montrée prête à relever le défi. Jacques et elle avaient discuté des prénoms et s'étaient mis d'accord sur ceux d'Aurélie et d'Amélie. Carole imaginait ses petites filles dans des robes en coton blanc, gambadant dans le jardin ou se balançant sur le portique jaune et vert acheté dans le catalogue du magasin de jardinage. Elle se figurait comme la maison serait gaie quand résonneraient leurs prénoms aux sonorités proches et virevoltantes et se mit à tricoter assidûment des grenouillères en laine avec chaussons assortis, en prévision de l'heureux événement. Mais un jour, en se rendant aux toilettes, elle aperçut une flaque de sang s'arrondir démesurément sous ses jambes. Son ambulancier de mari étant à l'autre bout du département, elle dut appeler les pompiers. Ensuite, ce furent les couloirs d'hôpital, la lumière blanche de la salle de travail, les pieds dans les étriers et la piqûre avant le trou noir.

L'univers de l'hôpital, elle le connaissait bien. Elle l'avait fréquenté d'abord comme aide-soignante puis comme infirmière. Il lui en restait des images qu'elle voulait définitivement chasser de son esprit : des vieux qui râlaient, des bassins fétides qu'il fallait vider plusieurs fois par jour, une jeune femme défigurée après avoir été mordue par un rottweiler, un garçon brûlé au deuxième degré qui poussait des gémissements aigus quand on lui soulevait le dos.

Le souvenir de ces années à l'hôpital collait à sa mémoire comme une étiquette poisseuse dont elle n'arrivait pas à se débarrasser. Elle y avait mis un terme en prenant prématurément sa retraite. Plus jamais elle n'aurait à nettoyer d'excréments ni à plonger ses mains gantées de latex dans un seau d'eau javellisée. Plus jamais elle n'entendrait les cris des mourants et le silence abrupt qui s'ensuivait.

Dorénavant, elle s'occuperait de sa maison, prendrait soin de son mari, regarderait des films à la télévision, planterait des fleurs dans son jardin. Pour le reste, tout ce qui pouvait lui arriver d'imprévu, de surprenant, comme la passion qui vous foudroie ou les aspérités aventureuses de la vie, elle s'en remettait à la télévision. Bien calée dans son canapé, elle se sentait à l'abri de la souffrance. Pas comme ces personnages empêtrés dans leurs trahisons.

Une première bassine fut remplie avec les chemises de monsieur et les hauts de madame. Elise Steiner aimait bien les pulls à larges cols roulés, les matières superposées, les paillettes et les tissus délicats. Carole n'aurait pas osé porter ce genre d'habits. La fantaisie, c'était réservé aux autres, aux gens dont les soucis effleuraient la vie sans s'y incruster. Pas à ceux qui se colletaient avec le malheur depuis l'enfance.

Le style bohême d'Elise Steiner n'était pas facile à repasser. Carole mettait le fer en position basse sur les pulls en angora et retournait les chandails pour ne pas abîmer les paillettes. Elle travaillait avec application. Le repassage la cantonnait dans une sphère ouatée qui l'éloignait du chagrin.

Au début, le linge lui arrivait tout fripé. Carole avait suggéré à sa voisine de diminuer le nombre de tours d'essorage et de mieux plier le linge. Elle avait ajouté : « Ce que j'en dis, c'est pour vous. Comme j'y passe plus de temps, ça vous coûte plus cher ». Son intuition lui disait qu'Elise Steiner n'avait guère les pieds sur terre. Il émanait d'elle quelque chose d'enfantin et d'irresponsable. Elle l'imaginait grandie dans un milieu bourgeois, loin des réalités matérielles.

Chaque fois qu'elle s'était rendue chez les Steiner, elle s'était étonnée du manque d'ordre qui régnait : des bols zébrés de traces de chocolat s'entassaient sur la table, de la confiture laissait des traînées collantes sur les sets en tissu et des disputes résonnaient à tous les étages. Au milieu de ce tohu-bohu, Elise Steiner avait l'air d'une toupie tournant sur elle-même quand elle essayait de répondre aux questions de ses enfants qui l'assaillaient de tous les côtés.

Elle demandait des conseils à Carole sur les produits les plus efficaces pour nettoyer le sol ou la façon de laver les vitres sans laisser de traces, comme un noyé demande de l'aide à l'équipage d'un navire aperçu au loin. Carole, savourant qu'on pût avoir besoin de son sens pratique, lui donnait quelques suggestions pragmatiques.

Une fois la deuxième bassine remplie, elle téléphona aux Steiner pour dire que le linge était prêt. Ce fut la voix d'un enfant qui lui répondit. Des sanglots plein la voix, il lui dit que le chat Tigrou était parti depuis trois jours. Carole se souvenait avoir aperçu l'animal dans sa haie et elle l'assura qu'elle l'attraperait dès qu'elle le verrait.

Vers le soir, alors qu'elle détachait son linge du fil derrière sa maison, elle aperçut la tête triangulaire de Tigrou, suivie de son corps efflanqué qui tentait de grimper tout en haut du thuya. Elle lâcha la pince qu'elle tenait entre ses doigts et réussit à l'attraper avant qu'il ne disparaisse sur le faîte. Un quart d'heure après, elle sonnait chez les Steiner.

Une tête blonde apparut derrière l'encadrement de la porte. Un filet de morve descendait dangereusement jusqu'à la bouche de l'enfant mais ses yeux s'éclairèrent quand il vit des oreilles pointues dépasser des bras de Carole.

– Tu l'as récupéré? Comment t'as fait?

– C'était facile. Je l'ai pris juste avant qu'il ne monte en haut de l'arbre. Tu vois, je te l'avais dit qu'il reviendrait!

– Tigrou! Mon Tigrou!

L'enfant emporta le chat qui plantait ses griffes dans le pull de Carole et disparut dans le salon en lui caressant la tête. Juste à ce moment, la porte s'ouvrit en coup de vent. C'était Paul Steiner qui rentrait. Il portait son cartable en cuir au bout de ses doigts maigres et son duffle-coat sentait l'herbe coupée.

– Tiens, notre voisine! Que nous vaut l'honneur de votre visite?

– Je suis venue ramener votre chat. Il était dans mon jardin.

– Oh, merci! C'est Théo qui doit être content! Tous les jours il réclamait son Tigrou! C'est très gentil à vous d'être venue. Nous aurions pu aller le chercher.

– Ce n'est pas grave! Je n'habite pas si loin que ça!

Du salon, elle entendait la musique de l'émission *Des chiffres et des lettres.* On apercevait dans l'encoignure de la porte la lumière orangée d'un abat-jour.

– Vous avez un moment? Si vous voulez attendre Elise…

– Je vous remercie. Il est tard. Mon mari va rentrer. Vous direz à votre femme que son linge est prêt. Carole se sentait indiscrète de s'immiscer dans l'intimité mouvementée de leur famille. L'invitation de Paul Steiner était sympathique mais maladroite. Elle ne serait jamais leur égale et ne pourrait pas prétendre à une relation d'amitié avec eux. Le linge, le chat, le ménage, elle ne voyait pas ce qu'elle aurait pu aborder d'autre avec eux.

– Attendez ! Avant que vous ne partiez, je vous ai rapporté un coquillage de Tahiti, lui dit Paul. Une minute, je vais vous le chercher.

Il entra dans le salon et en ressortit avec une petite boîte.

– Tenez, c'est pour vous.

Ses yeux brillaient. Il attendait que Carole l'ouvrît devant lui mais, au lieu de cela, elle lui tendit la main et le remercia furtivement en se dirigeant vers la porte. Il faut dire que, dans la famille de Carole, on n'ouvrait les cadeaux qu'une fois les invités partis. D'après sa mère, cette façon d'agir montrait qu'on était bien élevé.

Une fois chez elle, elle vit son salon plongé dans l'obscurité. Il n'y avait pas de cris d'enfants ni de lumière tamisée pour l'accueillir mais elle retrouva avec soulagement le carrelage impeccable, la table en chêne luisante et les vitrines transparentes surmontées de cadres à photos. L'ordre et la propreté la rassuraient. Très tôt, sa mère lui avait appris à ranger et à nettoyer avec l'idée que la femme était née pour cette mission.

Elle alluma l'écran plasma qui déroula sur toute sa largeur les neuf lettres choisies par les candidats de *Des chiffres et des lettres.* Une lumière bleutée se projeta sur le canapé en peau de buffle qu'elle et son mari avaient acheté dans une grande surface de meubles récemment implantée dans la zone industrielle. Elle s'assit devant la table de la salle à manger. En réalité, le salon et la salle à manger occupaient la même pièce mais l'architecte du lotissement les avait judicieusement disposés en L, la branche la plus longue du L étant occupée par le salon.

Elle entreprit d'ouvrir la boîte offerte par Paul Steiner. À l'intérieur, un papier de soie bouillonnait comme une tulipe froissée. Sur le dos du couvercle, les mots *clanculus pharaonius*, écrits à l'encre bleue sur une étiquette un peu jaunie, l'intriguèrent.

Elle écarta délicatement les plis du papier et vit apparaître une splendeur d'hélices et de bombements. La spirale du coquillage semblait cousue de perles orange et noires. Un vrai petit bijou. L'intérieur orangé était festonné de nacre irisée. L'objet était de toute beauté. Elle le contempla un moment puis se demanda ce qu'elle en ferait. Elle hésitait entre l'exposer derrière la vitrine où logeaient déjà ses poupées du monde ou s'en servir comme pendentif.

Machinalement, elle le colla contre son oreille pour entendre la rumeur de la mer. Elle faisait comme sa mère le lui avait appris : selon la pression qu'on exerçait sur le coquillage, on obtenait un bruit plus ou moins assourdi. « Ferme tes yeux, lui disait sa mère, et tu verras défiler des images. » Elle ferma ses paupières et appuya légèrement sur le coquillage. Elle entendit alors une brise légère et l'image de barques ondulant sur l'eau huileuse d'un port de pêche lui vint à l'esprit. En appuyant plus fort sur sa tempe, le bruit augmentait : la mer se déchaîna, les bateaux se soulevèrent sur des murs de vagues et les silhouettes des mâts se profilèrent sur la lune argentée.

Elle avait oublié la facilité qu'elle avait, quand elle était enfant, à se transporter vers un ailleurs. Elle voyait des paysages dans un kaléidoscope, un œil de poisson, des traces de chocolat dans un bol. Mais les feuilletons américains avaient endormi ce don. Et voilà que le *clanculus pharaonius*, qui ressemblait, dans sa main à une caverne miniature, ressuscitait le souvenir des enchantements qu'elle avait su autrefois faire naître.

Paul Steiner lui avait fait un joli cadeau. C'était généreux d'avoir pensé à elle. Après tout, il n'était pas obligé de lui rapporter quelque chose de ses voyages. Elle n'était qu'une voisine pour lui. Peut-être avait-il besoin de faire partager son enthousiasme ? En revoyant Elise Steiner débordée par ses enfants, Carole avait l'intuition qu'il n'arrivait pas à trouver l'écoute qu'il aurait souhaitée.

Elle replaça le coquillage dans sa boîte comme lorsqu'elle rangeait des habits trop beaux dans leur housse pour les préserver de la poussière et de l'usure.

Le présentateur de l'émission épela les consonnes et les voyelles et il obtint la combinaison : Q T L U O F L I E. La musique d'attente commença, comme toujours exaspérante de fausse sérénité. Carole avait beau chercher, elle ne voyait que des mots de cinq lettres : *folie – toile – foule – fille – allié.* Au bout de trente secondes, l'un des candidats annonça : « Sept ». « Pas mieux », dit l'autre. « *Folique* ». L'animateur disposa les lettres dans le bon ordre en les faisant claquer contre le plateau. Carole ne connaissait pas ce mot mais elle était habituée depuis l'enfance à ce que les gens soient plus cultivés qu'elle. Certains mots flottaient au-dessus de sa tête comme des bouffées de brume qu'elle n'arrivait pas à attraper. Elle s'y était résignée.

L'animatrice préposée aux lettres chercha le mot dans le dictionnaire et, quand elle l'eut trouvé, elle en donna la définition : « *Folique :* adjectif. Se dit d'une substance anti-anémique présente dans le foie de certains mammifères ».

La porte d'entrée claqua. Jacques rentrait du travail. Il déposa un baiser sur sa tête et leva les yeux vers l'écran, les mains posées sur le canapé.

– C'est lequel qui gagne ?

Depuis que sa femme avait arrêté de travailler, il s'inquiétait de savoir comment se passaient ses journées. Il aurait aimé savoir ce que son sourire cachait et il s'étonnait qu'elle ne songeât pas à allumer la lumière quand le soir venait.

Il alla se chercher une bière dans la cuisine. Il ne demandait plus à Carole si elle voulait boire quelque chose car, chaque fois, elle lui répondait qu'elle n'avait envie de rien. C'était bien là le problème : elle agissait pour que les autres ne manquent de rien mais jamais elle ne réclamait de vêtements, de sorties, d'argent, jamais elle ne se plaignait. Comment pouvait-elle se contenter du peu de distractions qu'il lui offrait ? Dans l'idée de la faire voyager un peu, il avait souscrit un abonnement au *Reader's digest* mais il avait remarqué qu'elle ne l'ouvrait pas. Quand il rentrait, il la trouvait la plupart du temps assise sur le canapé, enveloppée par la lumière bleutée de l'écran. Pourtant, il ne pouvait pas lui reprocher de se laisser aller : une odeur de soupe l'accueillait agréablement, ses chemises étaient toujours impeccablement repassées et la vitrine du meuble à poupées avait une transparence irréprochable.

– Maintenant ils sont à égalité, dit-elle.

Il vint s'asseoir auprès d'elle en faisant semblant de se passionner pour l'issue du jeu.

– Tu as passé une bonne journée, ma chérie ? lui demanda-t-il en passant sa main dans ses cheveux.

Il savait pourtant que sa journée n'aurait probablement été ni pire ni meilleure qu'une autre. Qu'avait pu faire sa femme à part repasser et regarder la télévision ? Depuis la mort des jumelles, elle vivait recluse dans le noir et refusait de recevoir du monde. L'acceptation de Carole l'emplissait de culpabilité plus que ne l'auraient fait ses protestations.

– Oui. J'ai récupéré le chat des voisins dans le jardin. Il était content, le petit Steiner.

Jacques avait l'impression que sa femme faisait des efforts désespérés pour se maintenir à la surface et qu'elle tentait d'extraire des événements de la platitude de ses jours. Il aurait presque préféré qu'elle pleure plutôt que de l'entendre feindre un intérêt pour la vie.

– Et toi ? Pas trop dur aujourd'hui ?, lui dit-elle sans quitter l'écran des yeux.

Il avala une autre gorgée de bière.

– Il y a eu un accident sur l'autoroute. On nous a appelés. Un type qui venait de la droite croyait qu'il avait priorité. Résultat : il a percuté une berline avec deux enfants à bord, conduite par la maman. Un des enfants est bien amoché. Je l'ai conduit à Henri Mondor.

Carole voyait la ligne droite et elle entendit un bruit de tôle. Un silence se fit entre eux. Ils savaient par leurs métiers que la vie, parfois, c'était ça : une ligne droite et un bruit de tôle qui écrase les chairs. Dehors, l'ambulance formait une tache blanche dans la nuit, comme pour le leur rappeler.

Au moins Carole se sentait-elle en sécurité chez elle.

Elle se leva pour voir où en était la soupe. Jacques lui emboîta le pas pour mettre les couverts. Sur la table, la petite boîte attira ses regards.

– On t'a fait un cadeau ?

– C'est Paul Steiner. Il m'a rapporté un coquillage de Tahiti. C'est gentil de sa part.

Jacques souleva le couvercle et déplia le papier de soie. Le coquillage lui offrait sa coque bombée. Il la prit dans sa main et la fit tourner sous la lumière.

– On pourrait le mettre dans la vitrine, qu'est-ce que t'en penses ?

Bizarrement, Carole s'irrita de cette proposition. Pourquoi voulait-on toujours mettre sous verre les belles choses ? Les vitres, ça lui rappelait l'hôpital, le formol. C'était maintenant qu'ils devaient profiter de la vie. Ce coquillage était magnifique : elle l'emporterait dans sa chambre et le poserait sur sa table de nuit. Ce soir, elle le plaquerait contre son oreille et elle s'endormirait en écoutant la mer, comme autrefois, quand elle était une petite fille.

– Non. Je vais le monter dans la chambre. Je le mettrai à côté de moi.

– Comme tu veux.

À table, Jacques lui parla d'un chien dangereux qui avait encore attaqué un petit garçon. C'était la troisième fois en un mois. Puis leur conversation porta sur les vacances de Noël. Carole ne voulait pas organiser un repas pour quarante comme chaque année, elle trouvait que c'était un peu au tour de sa belle-sœur.

Quand vint le moment un peu incertain qui suivait le dessert, où les paroles s'épuisent, ils consultèrent le programme de télévision. Sur la deuxième chaîne, on jouait un film avec Louis de Funès qu'ils n'avaient pas vu.

Ils s'installèrent devant l'écran avec leurs tasses de café. Carole songeait qu'après tout, le bonheur, c'était peut-être une collection de moments comme celui-là, un état intermédiaire entre la joie et le chagrin. On se dit qu'on a échappé aux accidents et aux morsures de chiens et on savoure son café en s'apprêtant à voir un bon film.

En montant se coucher, elle avait le sentiment d'avoir oublié quelque chose : c'était le cadeau de Paul Steiner. Elle redescendit et récupéra la boîte pour la poser sur sa table de nuit.

Le *clanculus pharaonius* trouva naturellement sa place entre ses boules quies et les photos de leur mariage.

Dès que Jacques fut endormi, elle prit le coquillage dans sa main et le coinça entre l'oreiller et sa joue. Elle entendit la houle se substituer aux ronflements de son mari.

Cette rumeur lui rappelait la première fois que le gynécologue avait promené un micro sur son ventre.

– Vous entendez ? lui avait-il demandé.

Sur son ventre encore plat, le micro avait capté une sorte de souffle sur lequel se détachaient, à intervalles réguliers, des sortes de coups de butoir.

– Ce n'est pas vrai ! C'est mon bébé que j'entends ?

– Pas encore. Ça, c'est le bruit du sang dans vos veines... Ah ! Ça vient... Écoutez !

Très lointains d'abord, puis de plus en plus audibles, des battements, légers comme les ailes d'un ange, faisaient entendre leur martèlement fragile et insistant venu du fond des âges.

Carole ferma les yeux. Bercée par le bruit des vagues, elle s'endormit d'un sommeil paisible. Elle rêva qu'elle était dans le ventre de sa mère, flottant dans un état d'apesanteur. Parfois, ses jambes se cognaient contre une paroi veloutée. C'était une enveloppe chaude et douce. Elle suçait son pouce, jouait avec ses orteils. Au-dessus de sa tête, un puits de lumière blanche l'invitait à sortir mais elle voulait rester et continuer à flotter dans cette cavité douillette car elle devinait ce qui l'attendait de l'autre côté : un monde cru et sans pitié. Pourtant, il était impossible de lutter contre le flux et le reflux qui l'entraînaient. Un mouvement de succion la soulevait, l'attirait, l'aspirait. À chaque contraction, l'étau se resserrait autour d'elle, l'arrachant à son bonheur, et le puits de lumière s'agrandissait.

Quand elle ouvrit les yeux, elle avait à moitié basculé hors de son lit, éblouie par le faisceau de sa lampe de chevet. Le *clanculus pharaonius* luisait sur l'oreiller.

Le lendemain, Elise Steiner lui téléphona pour lui demander si elle voudrait bien donner à manger au chat et arroser les plantes pendant qu'ils seraient partis pour la Toussaint. Elle ne doutait pas que Carole accepterait car elle ne la voyait jamais quitter sa maison.

Carole lui répondit qu'elle pouvait compter sur elle. Il fut entendu qu'Elise déposerait la clé du portail dans la boîte aux lettres de Carole en partant.

Les Steiner s'en allèrent le lendemain matin. Quand elle entendit leur voiture glisser dans l'allée, Carole se rapprocha de la fenêtre et aperçut les cheveux ondulés d'Elise Steiner dont la tête était penchée au-dessus d'une revue. Elle voyait les enfants arrimés à leurs sièges à l'arrière et les doigts fins de Paul Steiner qui tapotaient le volant. C'était une famille, comme tant d'autres, dont les rires, les disputes, les complicités traversées de silence peupleraient, le temps d'un voyage, le huis clos d'une voiture. Ses passagers feraient semblant d'en maudire l'espace resserré mais ils en goûteraient secrètement la promiscuité parce que, bien à l'abri dans l'habitacle, la violence du monde ne les atteindrait pas. Les guerres, les faits divers diffusés par la radio feraient partie du voyage, comme une bande-son à laquelle, tout à la joie de partir, on ne prête pas attention. Carole repensa aux voyages en Espagne qu'elle faisait avec sa famille quand elle était enfant. Elle en gardait des souvenirs d'ennui et d'impatience mais elle se rappelait aussi son émerveillement dès que la mer apparaissait au loin après d'interminables franchissements de col. Elle soupira car, à l'arrière de sa voiture, il n'y avait pas d'enfants à rassurer ou à tancer. Les Steiner, eux, avaient cette chance : ils emmenaient leurs enfants vers un lieu lumineux, une maison de vacances dont ils ouvriraient les volets, dès leur arrivée, pour laisser pénétrer le soleil et où chacun prendrait peu à peu le temps de s'alanguir. Cet objectif seul suffisait au bonheur. Le savaient-ils seulement ?

Elle les suivit du regard jusqu'à ce que la voiture ne fût plus qu'un point puis revint vers son salon et, à la vue du carrelage et des meubles, elle ne trouva pas d'autre échappatoire à l'abattement qu'elle sentait poindre en elle que de s'attaquer au ménage. Elle nettoierait d'abord la baie vitrée donnant sur le jardin. De l'autre côté, on apercevait, planté dans la pelouse, un portique en plastique jaune et vert. C'était un trapèze vert bouteille qui soutenait deux balançoires, un toboggan et deux anneaux. Jacques et elle avaient choisi le plus grand modèle du catalogue et n'avaient pas eu le cœur de l'enlever. Ils n'en avaient jamais discuté et le portique était resté là, comme si

Amélie et Aurélie allaient s'y ruer au retour de l'école et glisser sur le toboggan dans leurs robes voletantes.

Elle alla chercher sous l'évier le produit lavant dont elle actionna le pistolet en plastique rouge qui projeta sur la vitre des traînées ruisselantes. Si Carole ne se trouvait pas beaucoup de talents, elle était sûre d'en posséder au moins un : celui de nettoyer une surface vitrée sans laisser de traces. Elle avait hérité ce don de sa mère qui lui avait appris son secret : « J'utilise uniquement de l'huile de coude », lui avait-elle dit quand elle était enfant. Bien qu'elle ne vît pas comment un coude pouvait produire de l'huile, elle était quand même allée chez l'épicier de son village. Il avait bien ri quand, d'une voix assurée, elle lui avait demandé « de l'huile de coude » pour nettoyer les vitres sans laisser de traces.

C'était vrai qu'il fallait de la force pour obtenir une surface aussi transparente qu'un film alimentaire. Mais il fallait aussi un petit truc en plus, un tour de main qu'elle avait pris à force d'observer sa mère. Car, dans sa famille, on n'avait pas l'habitude de mettre des mots sur des gestes. On ne mettait de mots sur rien, d'ailleurs. Si elle voulait apprendre quelque chose, elle devait se fier à ses capacités d'observation et tirer ses propres leçons de la vie.

Carole se mit à frotter les vitres avec un souci de perfection dans lequel entrait toute la rage qu'elle avait accumulée pendant des années, elle ne savait pas exactement contre quoi.

Elle imaginait les Steiner, dans leur monospace gris clair. Elise Steiner lisant une revue à l'avant dans un beau pull en mohair, Paul Steiner au volant, les enfants derrière et la maison en Bourgogne qui les attendait.

Quand elle était déprimée, c'était à elle seule qu'elle en voulait : à son organisme qui l'avait lâchée, à ses ovaires paresseux, à son impatience qui l'avait fait se lever trop tôt alors qu'elle aurait dû rester allongée, la privant à jamais de ses jumelles.

Après les vitres, elle mit la même énergie à nettoyer la cuisine. Grâce à la poudre anti-calcaire, la pièce devint propre et brillante. Accomplir des tâches ménagères lui donnait l'illusion d'avoir une action sur le monde. Après son passage, les robinets luisaient, l'émail était blanc, la cuisine sentait la lavande. D'ailleurs, les publicités pour les dépoussiérants la fascinaient : avant qu'on les en vaporise, les boiseries avaient l'air de revêtements sans intérêt. Sous leur action, le bois retrouvait son éclat, on aurait dit qu'il se vitrifiait d'un coup. C'était pareil avec les produits pour les carrelages : une jeune femme passait le balai sur un sol carrelé et les traces arrondies qu'il laissait révélaient une couche grisâtre, insoupçonnée au départ. C'était comme si le produit enlevait non seulement la saleté mais aussi le voile de grisaille qui recouvrait toute chose, dévoilant un monde solaire, où l'existence serait miraculeusement exempte de mélancolie.

Le lendemain, en ouvrant sa boîte aux lettres, elle aperçut deux clés : une grande dorée qui ouvrait le portail de la maison des Steiner et une petite chromée affectée à leur porte d'entrée.

Après avoir pris connaissance des factures et des publicités, elle se rendit chez eux pour donner à manger au chat.

Quand elle ouvrit la porte d'entrée, le félin se précipita vers elle et se frotta contre sa jambe en miaulant. Elle se dirigea vers la cuisine, trouva une boîte de pâtée entamée dans le réfrigérateur et en versa le contenu dans sa gamelle. Il lui restait les plantes à arroser. Elise Steiner lui avait montré le ficus géant du salon en lui précisant qu'il y en avait un autre à l'étage. L'arrosoir était dans la cuisine.

De la maison des Steiner, Carole ne connaissait que la cuisine. Après avoir rempli l'arrosoir, elle ouvrit la porte qui menait au salon. Dans l'entrebâillement, elle aperçut la silhouette du ficus qui se profilait dans l'obscurité.

La pièce était construite comme la sienne, selon les plans communs à chaque maison du lotissement mais les Steiner avaient réussi à lui donner une ambiance chaleureuse : le canapé était recouvert d'un tissu africain, de gros coussins bariolés jonchaient le sol et les murs étaient teintés de peinture à la chaux dans les tons ocre.

Elle pénétra un peu plus avant dans le salon. Un peu partout, d'étranges statuettes projetaient leurs ombres sur les murs : poupées à tête plate, Africains en tenues coloniales, femmes enceintes, seins dressés vers le ciel, têtes d'antilopes à courbes effilées.

On aurait dit un peuple immobile qui l'attendait depuis toujours.

Oubliant son seau, elle resta plantée devant elles. Paul Steiner les avait sans doute rapportées de ses voyages. Une tête de léopard la regardait fixement. C'était un léopard sans corps. Juste une gueule béante d'où dépassaient des crocs acérés. On aurait dit que le sculpteur l'avait saisie au moment où elle allait dévorer sa proie. Carole restait debout, fascinée, suspendant sa respiration. Il lui semblait que la bête avait quelque chose à lui dire. Quelque chose qui avait à voir avec sa propre violence. Une violence qu'elle étouffait depuis son enfance. On lui avait appris qu'une femme, ça naissait pour laver, épousseter, encaustiquer et, jusqu'à présent, Carole s'était pliée à ce précepte. Il était à l'origine de sa présence dans le salon des Steiner. Mais personne n'avait jamais cherché à développer sa sensibilité à la beauté. Qui s'était soucié de lui montrer des œuvres d'art? Elle aurait su les apprécier. Sa vie n'avait été qu'une série d'étouffements et de résignations. Quand sa mère n'avait plus été en état de marcher, elle était venue lui faire son ménage tous les jours, elle avait travaillé ensuite comme aide-soignante à seize ans, et enfin, elle avait dû faire le deuil de ses jumelles et accepter l'idée qu'elles n'égaieraient jamais la maison de leurs cris et de leurs rires. Mais ces accrocs, elle les avait supportés, parce que, très tôt, on lui avait appris à ne pas attendre de joie excessive de l'existence. Vivre, c'était avancer coûte que coûte, malgré les malheurs qui vous tombent dessus, lui serinait sa mère. Dans le regard du fauve immobile qui fondait sur elle, elle avait le sentiment de s'ouvrir à une dimension inconnue. Elle eut tout à coup envie d'éprouver des frémissements, des chutes vertigineuses dans le désir, des éblouissements qui auraient le pouvoir de bouleverser sa vie.

À la vue du ficus, elle se rappela brusquement sa mission, pencha son arrosoir au pied de l'arbre et ferma rapidement la porte. Elle monta ensuite à l'étage arroser l'autre ficus qui se trouvait au bout du palier, comme le lui avait indiqué Elise Steiner.

En cherchant la salle de bains, elle passa devant la chambre des Steiner dont la porte était restée ouverte. Leur lit, encore défait, était entouré d'une moustiquaire rose. À travers la mousseline, leurs oreillers se chevauchaient et les draps, creusés par endroits, portaient encore la marque de leur présence. De chaque côté, des piles de livres recouvraient leurs tables de chevet. Sur le dossier d'une chaise, un boubou jaune et vert traînait jusqu'à terre. Carole eut soudain l'impression de commettre une indiscrétion, remplit son arrosoir en quatrième vitesse dans la salle de bains attenante à leur chambre et arrosa rapidement les autres plantes de l'étage. Elle avait terminé son travail mais elle avait envie de rester encore un peu. Après tout, les Steiner n'étant pas là, rien ne l'en empêchait. Elle demeura une heure encore assise en tailleur dans le salon, immobile, à contempler les statuettes.

Le soir, Jacques rentra pendant qu'elle regardait un feuilleton. Il s'assit à côté d'elle sur le canapé. L'action se passait dans un café, à Marseille. Les personnages étaient des gens comme eux, censés partager les mêmes soucis : il y avait des adolescents rebelles, des amours naissantes et des traites à payer. Mais, les difficultés dans lesquelles ils se débattaient semblaient moins graves sous le soleil du Midi, qui rendait la vie plus belle.

Jusqu'à présent, Carole appréciait de s'y réchauffer en compagnie de Jacques mais, depuis sa visite au domicile des Steiner, elle n'arrivait plus à se concentrer sur l'écran. Jacques s'étonnait de ce sourire nouveau qu'elle affichait. Le lendemain, elle retourna dans la maison des Steiner. Le chat l'accueillit avec des vibratos.

Elle pénétra avec plus d'assurance dans le salon. Cette fois, elle prit le temps de détailler chacune des statuettes. L'une d'elles représentait un Africain à cheval qui portait, comme les Blancs, un casque colonial et un fusil en bandoulière. Un livre épais à la couverture glacée était posé sur la table basse. Il portait comme titre : *L'Art africain*. Elle l'ouvrit et se mit à le parcourir. En feuilletant les pages, elle vit une statue de Noir habillé en colon blanc. C'était un Africain qui fumait une pipe. Assis à l'avant d'une barque, il tenait une ombrelle et portait un chapeau colonial. Derrière lui, quatre moussaillons soulevaient des rames. La légende disait : *officier de district britannique en tournée sur les petits cours d'eau du pays. N'ayant pas l'habitude de se voir représentés à la mode africaine, les Européens se crurent caricaturés. Mais, le sculpteur Ona déclara qu'il ne faisait que représenter le monde tel qu'il le voyait.*

Plus loin, une photo montrait la statue d'une femme allaitant une petite fille aux seins pointus. La légende indiquait que le sculpteur représentait dans cette statue toutes les étapes de la vie d'une femme.

Sur une autre photo, c'est une tête de bébé garnie d'une barbe qui attira son attention. Là encore, le livre expliquait que l'artiste avait cherché à fixer l'écoulement du temps : la statue figurait à la fois le nourrisson et l'homme qu'il deviendrait. Carole trouvait admirable que des artistes aient matérialisé de cette manière le temps qui passe. Allongée sur la moquette, le livre entre les mains et le chat endormi à ses pieds, elle ne se lassait pas de regarder ces corps disproportionnés, ces masques à tête d'animaux, ces statues aux pénis allongés. Elle oubliait qu'elle n'était pas chez elle. Dehors, la nuit était tombée.

Tout à coup, un bruit la fit tressauter. Le claquement d'un pneu au-dehors. Elle ferma le livre précipitamment, comme si elle avait été prise en faute, le reposa sur la commode et sortit de la maison à toute allure.

Pendant les jours qui suivirent, elle n'osa plus s'attarder chez les Steiner. Elle ne savait pas au juste ce qu'elle craignait. C'était quelque chose qu'elle n'arrivait pas à formuler clairement, mais il lui semblait que, si elle retournait chez eux, elle ne pourrait plus jamais se contenter de la vie qu'elle menait.

Elle ne parvenait plus à regarder les émissions de divertissement qui arrivaient jusqu'alors à la désennuyer. Elle se sentait étrangère aux histoires de collègues que Jacques continuait à lui raconter le soir en rentrant du travail. Les animateurs de télévision déployaient des efforts qui la laissaient indifférente. Elle avait l'impression que le monde autour d'elle s'agitait en vain.

Seul, son coquillage, le *clanculus pharaonius,* réussissait à la distraire. Le soir, dans son lit, elle fermait les yeux et, bercée par son mugissement, elle s'imaginait échouée sur une plage africaine. Un vent léger effleurait ses cheveux dans la nuit parfumée. Tous ses sens étaient en éveil, comme si mille capteurs microscopiques capables d'attraper les sons, les odeurs, les sensations, avaient été posés sur sa peau. Le feulement d'un tigre qui avançait vers elle d'un pas allongé faisait trembler au loin la forêt.

Elle s'éveillait le matin, la peau ruisselante et le cœur palpitant.

Les Steiner revinrent deux jours après dans un tintamarre de cris, de disputes et de pleurs. Carole les regarda par la fenêtre : le petit dernier, cagoule de travers, criait : « Tigrou ! Tigrou ! » tandis que les aînés se disputaient leurs Game Boy. Elise Steiner les suivait, enveloppée dans un manteau de laine coloré. Carole voyait ses longs cheveux bouclés flotter sur ses épaules. Elle tournait la tête vers Paul Steiner qui la regardait en souriant depuis la voiture. Carole ne put s'empêcher de repenser au lit défait et à la moustiquaire.

Elle regarda son salon bien rangé, son carrelage impeccable, ses vitrines transparentes et sa maison lui parut vide comme un tombeau. Désormais, elle était sûre d'une chose : si Paul Steiner lui proposait à nouveau de rester, elle accepterait.

Machinalement, elle alluma la télévision avant de s'installer sur son canapé et s'intéressa pour la première fois au *Reader's digest.*

Le lendemain, elle alla porter le repassage et ce fut Paul Steiner qui lui ouvrit la porte. Carole devinait la présence des statuettes de l'autre côté du couloir. S'il avait su qu'elle s'était allongée sur sa moquette pour mieux les contempler, elle aurait eu honte de son indiscrétion. Pour la première fois depuis très longtemps, elle avait oublié la soupe qui mijotait dans la cocotte, la poussière sur les étagères, les traces sur les vitres. Il s'était passé quelque chose dans le salon des Steiner, quelque chose qui l'avait bouleversée et qu'elle cherchait à comprendre. Le choc éprouvé devant les statuettes avait tout balayé. Il lui semblait que ces formes étranges avaient quelque chose à lui apprendre sur elle. Quelque chose qu'elle s'était évertuée à dissimuler pendant des années et qui ne demandait qu'à éclater. Au fond, elle ne savait pas qui elle était. Carole Pelletier n'était peut-être pas cette petite fourmi éprise d'ordre qu'on avait voulu qu'elle soit. Mais une femme sensuelle et vibrante. Une femme que la beauté bouleversait. Une femme inconnue qui ne demandait qu'à naître. Il était peut-être temps pour elle de la révéler au monde.

Elle resta pour voir ce que Paul Steiner tenait tant à lui montrer.

Il souriait. Ce n'était plus l'homme las et décalé qu'elle entrapercevait de sa fenêtre. Il était excité comme un enfant qui veut faire connaître ses trouvailles.

– Alors, comment va votre *clanculus pharaonius*?

Carole rougit, comme s'il avait deviné les visions secrètes engendrées par son coquillage.

– Très bien. Je l'ai posé sur ma table de nuit. Je le mets contre mon oreille et il m'aide à m'endormir.

– C'est une bonne idée. Vous verrez, on n'entend pas les mêmes bruits selon les coquillages. On raconte que certains peuvent vous faire voyager. C'est ce que rapporte une légende tahitienne. Vous voulez voir ma collection ?

– Je veux bien.

Carole se demandait si Paul Steiner arrivait à faire partager son enthousiasme aux membres de sa famille. Elle n'en avait pas l'impression. Sa femme, en particulier, semblait toujours débordée et ses enfants occupés à bien d'autres choses. Était-il heureux d'avoir trouvé en elle, Carole, sa voisine, une oreille attentive ou y avait-il autre chose qui l'incitait à la retenir auprès de lui ?

Ils montèrent à l'étage. Carole avait le nez à la hauteur de son fessier qui bougeait sous son long pull en laine vert bouteille, et tout à coup, elle se sentit traversée par un éclair fulgurant. Cette montée d'escalier l'envahissait d'un trouble inconnu. Elle revit le grand lit surmonté de la moustiquaire rose et se sentit paniquer comme si elle allait enfreindre un interdit.

La porte de la chambre était entrouverte. Autour du lit, la moustiquaire avait été relevée.

Le lit n'avait pas été fait et on voyait les oreillers qui se chevauchaient. Mais Paul et elle ne s'arrêtèrent pas devant la chambre. Ils marchèrent jusqu'à la dernière porte de l'étage. Arrivé devant, Paul Steiner abaissa la poignée et alluma la lumière.

Les murs de la pièce étaient tapissés d'étagères et de petits casiers en bois renfermant toutes sortes d'objets hétéroclites. Carole lança un regard circulaire. On distinguait des animaux empaillés, des squelettes, des carapaces, des insectes séchés, des fossiles, des coquillages et des tas d'autres objets bizarres dont on ne savait s'ils étaient le produit de la nature ou s'ils avaient été sculptés par l'homme. On aurait dit que la pièce renfermait l'ensemble de la création en miniature.

– Je vous présente mon cabinet de curiosités, lui dit-il en désignant la pièce de la main.

– Un cabinet de curiosités ? Qu'est-ce que c'est ?

– C'est un lieu où les scientifiques exposaient leurs trouvailles. Les ancêtres des musées, si vous voulez. Aujourd'hui les pièces sont exposées au public, autrefois les visites étaient privées. J'ai toujours regretté leur disparition, alors j'ai décidé d'en créer un chez moi.

– Et toutes ces pièces viennent de vous ? Vous les avez rapportées de vos voyages ?

– Non. Certaines viennent de mes collègues. Nous nous rapportons des coquillages des pays où nous nous rendons. Mais pas seulement les coquillages. Nous recherchons tout ce qui a une forme un peu bizarre. Il vous plaît, mon cabinet ?

– C'est la première fois que j'en vois un. C'est vraiment étrange. Qu'est-ce que c'est, là-bas ? Carole désignait une créature dont on ne savait dire s'il s'agissait d'un caillou ou d'un animal, un petit objet ratatiné qui lui rappelait vaguement la forme d'un S.

– Ça, c'est un hippocampe. Dans les premiers cabinets, il y en avait beaucoup parce qu'une fois séchés, ils se conservent très bien. Comme les écrevisses, les homards ou les langoustes. Et puis, à cause de leurs carapaces, les gens de l'époque se demandaient s'il s'agissait de végétaux ou d'animaux.

Les volets de la fenêtre étaient fermés. Paul Steiner avait disposé des spots sous les étagères qui renvoyaient sur les murs des ombres étranges. Ces reliques avaient en commun la bizarrerie de leurs formes. Carole avait l'impression de circuler dans un endroit hors du temps. On aurait dit un musée imaginaire mais, pourtant, toutes les pièces étaient réelles.

Sous chacune d'elles, Paul Steiner avait placé une étiquette qui donnait son nom en latin. Il y avait de magnifiques papillons aux ailes spectrales cloués dans des vitrines. Plus loin, elle aperçut des sortes de cornes allongées. C'étaient des défenses de morses. Elle apprit, d'après la légende que Paul Steiner avait rédigée d'une écriture serrée, qu'au dix-septième siècle, on les râpait pour servir d'antidotes au poison.

Elle vit encore des cornes de rhinocéros et de bézoard, des toucans aux becs orange disproportionnés, des casoars au cou et à la tête dépourvus de plumes, des oursins à la symétrie rayonnante et des étoiles de mer séchées.

Elle s'attardait devant les étagères, avec l'impression de circuler dans le magasin poussiéreux d'un taxidermiste du siècle passé. Elle découvrait ces noms bizarres : « bézoards », « casoars », « toucans » et s'amusait à les répéter tout bas. C'étaient des noms qu'elle rencontrait pour la première fois et ils lui révélaient un monde oublié, ancien, d'une beauté qui avait sans doute été prodigieuse.

Elle ouvrait les yeux, détaillait chaque objet et prenait le temps de lire la légende qui s'y rattachait. Pendant ce temps, Paul Steiner marchait à côté d'elle, s'arrêtait en même temps qu'elle et répondait à ses questions.

Sans y prendre garde, ils avaient fini par se retrouver assis par terre comme deux gamins qui ont pénétré dans une grotte pour y écouter un récit initiatique. Paul lui racontait des histoires que les étiquettes ne mentionnaient pas, comme l'histoire de cet oiseau rapporté de Java à Amsterdam au seizième siècle qui avait provoqué un engouement tel qu'on avait organisé des visites payantes pour le contempler. Il lui en décrivit le moiré des plumes, la richesse des couleurs et sa main ondulait dans l'air pour en dessiner la forme.

Carole posait sur lui des yeux d'enfant. La voix de Paul Steiner s'était modifiée. Elle était devenue plus veloutée, plus caressante.

Personne n'avait jamais parlé à Carole de cette façon. Ni son père ni sa mère ne lui racontaient d'histoires quand elle était petite et son besoin d'imaginaire trouvait un aliment inépuisable dans l'érudition de Paul Steiner. Celui-ci, poussé par une force qu'il pensait avoir oubliée, devenait intarissable. Il y avait longtemps qu'il n'avait rencontré une écoute aussi bienveillante. Chaque fois qu'il tentait de parler de ses découvertes à sa femme, elle écoutait d'un air distrait en vaquant à ses occupations. Quant à ses enfants, ils avaient toujours des choses bien plus intéressantes à faire.

Paul parla à Carole de ce petit poisson appelé le rémora. Les cabinets de curiosités en étaient friands à l'époque car il était doté, croyait-on, de propriétés fantastiques. Sa tête, pourvue d'un disque adhésif, lui permettait de s'attacher à de gros poissons.

– À l'époque, on pensait qu'il était capable de stopper les navires en pleine course ! Et les gens le croyaient !

Ils se mirent à rire.

Paul faisait voyager Carole sur les dos des licornes et des monstres marins. La science dont il lui parlait n'était pas encore dégagée de la gangue des légendes. C'était comme s'il lui avait lu des poèmes.

– Dans les cabinets de curiosités, on fabriquait un dragon avec des raies ou des lézards ! Tu te rends compte !

Lui, en tout cas, ne s'était pas rendu compte qu'il était passé au tutoiement. Mais Carole n'avait pas manqué de le relever, et en avait rosi.

Sans mesurer le degré d'abandon que contenait sa position, elle s'était allongée sur le ventre, la tête reposant sur ses deux paumes ouvertes, tandis que Paul Steiner, tout aussi ignorant de la complicité qui le gagnait, s'était assis en tailleur en face d'elle. Leurs bouches étaient proches et le souffle de l'un effleurait les lèvres de l'autre. Paul Steiner s'était mis à murmurer à l'oreille de Carole. Il lui racontait des histoires étranges sur le ton d'un homme légèrement ivre, entrecoupant chacune de ses phrases de petits rires entendus. Ils étaient comme deux amis qui, sans savoir qu'ils sont en train de tomber amoureux, surenchérissent de défis idiots inspirés par l'ivresse.

– Est-ce que tu sais pourquoi on recommandait aux épileptiques de porter un pied d'élan en amulette ?

– Un pied d'élan ?... En amulette ?...

Carole riait comme si elle avait bu du champagne.

– Pour les épileptiques ? Qu'est-ce que c'est encore que cette histoire ? disait-elle en éclatant de rire. Bien sûr que non, je ne sais pas !

– Eh bien, figure-toi que, quand il était poursuivi longtemps, l'élan s'effondrait subitement. Bizarre, hein ? (et, à cet instant, Paul Steiner eut l'envie de soulever la mèche de cheveux qui était retombée délicatement sur l'œil gauche de Carole.) On avait remarqué que, chaque fois qu'il se relevait, il se frottait sa patte arrière gauche contre son oreille. C'est comme ça qu'est venue aux scientifiques l'idée que le pied d'élan contenait peut-être une substance anti-épileptique !

La tête de Carole touchait presque son épaule. Paul Steiner ne fit rien pour l'en empêcher. Au contraire, il se rapprocha d'elle. Carole lui offrait son beau visage reconnaissant et ses yeux mouillés de larmes de rire.

Tout à coup, la porte d'entrée s'ouvrit et ils entendirent la voix d'Elise Steiner qui, à peine rentrée, tançait déjà sa progéniture. Ils se relevèrent comme deux enfants pris en faute. Par un réflexe de ménagère, Carole s'épousseta et Paul rajusta ses lunettes sur son nez.

– Il est déjà sept heures, dit-elle en regardant sa montre. Il faut que je rentre.

– N'hésitez pas à repasser, dit-il en la vouvoyant à nouveau.

– Avec plaisir.

Pendant qu'ils descendaient l'escalier, comme pour la retenir encore, il lui dit :

– Au fait, vous savez, vous aussi, vous pourriez monter votre propre cabinet de curiosités. Vous avez une pièce libre chez vous ?

Carole songea à la chambre qu'elle avait destinée aux jumelles.

– Oui. J'en ai une.

Tout en parlant, il avait ouvert la porte et ils descendirent l'escalier en rétablissant entre eux la distance qui sied à deux voisins se connaissant à peine.

– Eh bien, quand vous vous promènerez, quand vous verrez quelque chose d'insolite, un bout de bois, un caillou, une feuille, pensez à le ramasser pour votre cabinet de curiosités. Vous allez voir, la vie est pleine d'étrangetés !

Carole salua timidement Elise Steiner qui, happée par sa progéniture, eut à peine le temps de lui répondre.

Une fois dehors, elle respira à pleins poumons l'odeur de résine qui flottait dans l'air. Les maisons lui semblaient moins proprettes que d'habitude. Elle remarqua un ballon rouge atterri sur le toit d'une maison, un vélo délaissé sur l'herbe d'un talus, un auvent recouvert de mousse. Il lui semblait qu'un vent de liberté avait ébouriffé au passage le lotissement. Même les arbres d'ordinaire si rectilignes avaient l'air décoiffé.

Le monde avait-il toujours contenu cette part de désinvolture ou était-ce elle qui se sentait plus légère, pour remarquer des détails auxquels elle n'avait jamais prêté attention ? Avec Paul Steiner, elle découvrait que sa vie quotidienne pouvait renfermer des trésors d'étrangeté. Il s'agissait juste de poser sur elle un regard différent. Et elle se sentit emplie de reconnaissance envers lui pour lui avoir transmis cette révélation.

Selon sa prescription, elle se mit à regarder autour d'elle, cherchant ce qui pourrait figurer dans son propre cabinet de curiosités. Elle ne rentra pas directement dans sa maison mais arpenta l'allée en jetant des regards à gauche et à droite.

Au bout de quelques minutes, elle repéra une pierre qui, si on la regardait bien, ressemblait à une tête de jivaro réduite. Cette bizarrerie l'amusa et elle décida de se baisser pour la ramasser. Un peu plus loin, elle trouva une plume tachetée. Elle prenait le temps de regarder les cailloux et les feuilles d'arbres aux formes bizarres et en recueillit quelques spécimens. Elle mit le tout dans sa poche et rebroussa chemin.

Elle se sentait pousser des ailes : l'imprévisible pouvait surgir à tout moment et se glisser derrière les façades lisses des maisons. Pour la première fois depuis la perte de ses jumelles, elle sentait frémir en elle l'envie de vivre.

Une fois chez elle, elle enleva son manteau et n'eut pas un regard pour la cocotte posée sur la cuisinière. Trop impatiente de commencer son cabinet de curiosités, elle monta directement à l'étage.

Cela faisait trois mois qu'elle n'était pas entrée dans la chambre des jumelles.

Quand elle y pénétra, les deux petits lits à barreaux attendaient sagement. Sur chacun d'eux était posée une peluche : un ours géant sur le lit d'Aurélie et un saint-bernard sur celui d'Amélie. On aurait dit qu'ils attendaient qu'on joue avec eux. En face, des penderies à rayures blanches et bleues, qui ressemblaient à des cabines de bain, renfermaient des piles de linge d'enfant.

Elle décida que ce serait bien dans cette pièce qu'elle établirait son cabinet de curiosités.

Sur la table à langer qui n'avait plus de raison d'être, elle déposa ses trouvailles – la plume, les cailloux, et les feuilles –, puis elle sortit une feuille d'un tiroir. Elle écrivit avec application les mots *Cabinet de curiosités* en formant des pleins et des déliés à l'aide d'un porte-plume. Quand elle fut satisfaite, elle colla son écriteau sur la porte puis rentra dans la chambre des jumelles où elle exposa sur une étagère vide ce qu'elle avait récolté.

Sur un cahier qu'elle avait également sorti d'un tiroir, elle commença à rédiger les légendes qui s'y rattachaient :

Numéro 1 : *plume tachetée. Trouvée allée des mésanges, le 12 novembre 2007.*

Appartient à un oiseau marin fabuleux. Ses taches beige pâle en forme d'yeux sont caractéristiques de l'oiseau appelé alcyon. On dit qu'un contact avec cette plume installe le calme et la paix dans le cœur.

Elle reposa son stylo en souriant. Cela l'amusait beaucoup d'inventer des légendes. Cette pièce serait le lieu de son imaginaire. L'endroit qui la distrairait du monde. Elle pourrait y écrire ce qui lui passait par la tête, imaginer des histoires fabuleuses qui auraient plu aux jumelles.

Elle se mit à lire tout haut ce qu'elle venait d'écrire. Sa voix résonnait dans le silence. Il lui sembla que dans les lits vides aux draps bien bordés, les couvertures se soulevaient sous l'effet de deux respirations calmes et régulières. Dans un éclair, elle crut voir sur les oreillers dodus les visages des deux petites filles en train de contempler fixement les objets exposés.

Carole ne revit pas Paul Steiner de toute la semaine et elle savait qu'elle ne le verrait pas non plus le week-end car Jacques et elle étaient invités au mariage d'une nièce.

Jacques, qui trouvait à Carole l'air un peu absent ces derniers temps, se réjouissait de cette invitation. Il pensait qu'elle donnerait à sa femme l'occasion de se divertir et d'oublier son chagrin. Il ne se doutait pas que, pour Carole, ce mariage était une obligation pénible car elle aurait préféré s'occuper de son cabinet de curiosités et en parler avec Paul Steiner. Mais cela, elle n'osait pas encore se l'avouer clairement.

La fête avait lieu dans une salle des fêtes à trente kilomètres de chez elle. Pour l'occasion, Jacques avait ressorti le costume rayé de leur mariage et Carole, une petite robe jaune pâle qui lui donnait un air encore plus fragile.

Ils étaient en retard et la rue qui bordait la salle des fêtes était déjà pleine de voitures. Sur leurs antennes étaient accrochés de petits morceaux de voile.

À l'intérieur du bâtiment, des tables étaient dressées et recouvertes de nappes blanches sur lesquelles étaient posées des gerbes de fleurs. Quand ils entrèrent, l'ambiance de la salle était surchauffée. La mariée était habillée d'une robe en tulle rouge pourvue d'un décolleté généreux d'où jaillissaient ses seins rebondis. Elle ressemblait plus à une danseuse de saloon qu'à une mariée. Son mari, l'œil brillant, essayait d'atteindre ses joues dissimulées derrière une capeline blanche pour y déposer des baisers. On le devinait timide et éperdument amoureux de sa femme. Sa figure était couverte de petites plaques couperosées qui rosissaient sous l'effet du champagne. Des bataillons de garçonnets en nœuds papillons sautaient sur des pétards.

Carole posa son sac sur une chaise et s'assit.

Deux boules à facettes scintillantes se mirent à tourner, projetant sur les murs une pluie de lumière. Un disc-jockey s'empara du micro et hurla des *coin-coin-coin* sur l'air de *La danse des canards.* Carole fut tirée de sa chaise par des mains étrangères qui l'entraînèrent dans une farandole déchaînée. Trop faible pour résister, elle suivit le mouvement contre son gré en posant ses mains sur les épaules moites d'une blonde peroxydée, moulée dans une robe noire et juchée sur des talons aiguilles.

La chenille formée par les invités effectuait des zigzags dans le public, débauchant de nouveaux membres qui venaient s'y agréger. Le rythme de la musique s'accélérait de plus en plus. Carole se crut sur un manège qui s'emballait. Elle avait des visions saccadées et fulgurantes de visages rougeauds, d'hommes au bord de l'implosion, de dames endimanchées aux cheveux bleus, de dents en or luisant au fond des bouches comme des pépites dans la fange, de paupières alourdies de fards gras et noirs. Elle était emprisonnée dans une ronde infernale au milieu de faces hilares et grimaçantes.

À son grand soulagement, la musique s'arrêta brutalement au bout d'une dizaine de minutes. Le père de la mariée s'était emparé du micro. Il annonça d'une voix éméchée que la mariée allait lancer sa jarretière. Des mains velues s'agrippèrent à la jambe fuselée qu'elle leur tendait, puis, au bout d'une bataille acharnée pour obtenir la bande élastique, le vainqueur, ébouriffé, ruisselant, exhiba son trophée de dentelle sous les acclamations. Il embrassa la mariée qui dut subir ses lèvres baveuses sur ses joues fraîches. Le repas dura toute la soirée, entrecoupé de rires sonores, de déglutitions maladroites et de vin renversé.

Quand l'heure arriva de découper la pièce montée, les mariés se levèrent. Pendant ce temps, un jeune homme remplissait la dernière coupe d'une fontaine de champagne. Tandis que la cascade pétillante dégoulinait en ruisseaux ambrés, la mariée leva les bras pour découper des parts de gâteau. On voyait de légères traces grises sous ses aisselles. Le mari, sans doute émoustillé par ce duvet naissant, se jeta sur sa femme pour l'embrasser goulûment devant la pyramide de choux. Les boules de pâte se détachèrent et atterrirent entre les seins de l'épousée. L'assistance redoubla d'applaudissements.

Carole avait mal à la tête. Cette débauche, qui autrefois l'aurait fait sourire, ne lui inspirait que du dégoût. Elle n'aspirait qu'à se retrouver dans la chambre des jumelles, dans le havre de paix que constituait son cabinet de curiosités. Elle viendrait s'y réfugier pour se protéger du monde. Elle raconterait aux jumelles des histoires merveilleuses. En fermant les yeux, elle imaginerait leurs couvertures en laine rouge bomber légèrement et entendrait leurs souffles discrets résonner dans le soir.

Elle pensa aux Steiner. Que faisaient-ils pendant qu'elle devait subir cette orgie de visages et de bruits ? Elle se les figurait en train de lire dans la lumière orangée du salon. Ils monteraient ensuite dans leur chambre. À travers la moustiquaire rose, Paul Steiner regarderait sa femme, dont les longs cheveux dénoués formeraient comme un éventail déployé sur son corps nu. Aurait-il une pensée pour sa voisine ? Qu'avait-il éprouvé tandis que ses lèvres s'étaient approchées des siennes et que sa voix était devenue caressante ?

Quand la période des slows arriva, Jacques l'invita à danser. Mais quand Carole ferma les yeux sur l'air de *A whiter shade of pale*, ce n'était pas dans les bras de son mari qu'elle aurait aimé se lover, c'était dans ceux d'un homme passionné et timide.

« Paul », murmura-t-elle.

Ce week-end-là, contrairement à ce que croyait Carole, Paul Steiner était parti à Nantes participer à un séminaire sur la préservation du développement aquacole. L'endroit où se réunissait le Conseil national du littoral était un bâtiment de verre sur lequel se reflétaient la mer et les nuages. Un air iodé l'avait accueilli à sa descente du bus tandis que des mouettes rieuses tournoyaient au-dessus de sa tête.

Dans le hall d'entrée du bâtiment, des panneaux fléchés indiquaient les salles où se tenaient les différentes conférences. Celle à laquelle il participait était fixée à vingt et une heures. Un accueil des différents intervenants était prévu salle 206. Sa direction était indiquée par un panneau fléché. Il suivit les flèches jusqu'à une grande salle où bruissaient des conversations de spécialistes du monde entier.

Sur une longue table recouverte d'une nappe blanche, des collations avaient été prévues : jus d'orange dans des carafes transparentes, bouteilles de vodka, de Martini et de whisky. Les participants portaient des badges qu'ils avaient épinglés à leurs vestes.

Paul Steiner n'aimait pas la part de représentation à laquelle l'obligeait parfois son métier. Il retrouvait sans plaisir l'ambiance feutrée des halls d'hôtels et les conversations polies qui précédaient ses conférences mais la préservation de la planète était en train de devenir un enjeu mondial et celle du littoral était devenue une cause politique majeure. Il discuta avec des spécialistes venus du monde entier.

À vingt et une heures, tout le monde fut invité à s'asseoir. La parole fut d'abord donnée au secrétaire d'État à la pêche. Dans la salle, outre des chercheurs, il y avait aussi des parlementaires, des élus des collectivités territoriales et des représentants des milieux socioprofessionnels concernés par la préservation du développement aquacole.

Après son allocution, ce fut au tour de Paul Steiner de parler. Mandaté par l'I.F.R.E.M.E.R, il intervenait en tant que chercheur en conchyliologie.

Il avait rédigé son discours sans plaisir et, après s'être éclairci la voix, il commença à parler : « *Afin d'assurer la pérennité et l'avenir du secteur de la pêche, il nous a semblé nécessaire de renforcer la politique des structures ainsi que la formation. À cette fin, nous devons définir une action qui s'appuie sur trois volets : le premier volet consiste à dresser un inventaire des sites à potentialité aquacole en France dans une perspective d'aménagement du territoire, de maintien de l'emploi et de développement de l'activité aquacole en France.* »

Il ne reconnaissait pas la voix qui sortait de lui. Comment avait-il pu écrire des phrases aussi lourdes, et ces mots qui n'en finissaient pas ? Combien de temps durerait cet exercice obligé ? Il marqua un temps avant de reprendre :

« *Le deuxième volet porte sur l'harmonisation des réglementations qui touchent l'environnement avec la mise en place de mesures aqua-environnementalistes de protection du consommateur et le troisième volet concerne la recherche de solutions économiquement durables en étudiant, entre autres, la possibilité d'élevage de nouvelles espèces* ».

Devant lui, les mouettes traçaient des courbes dans le ciel blanc et la mer grise se livrait à une chorégraphie silencieuse. Il pensa à sa femme, à leur couple. Il se dit qu'il aurait bien emmené Elise à ce colloque. Les enfants les avaient un peu éloignés l'un de l'autre ces derniers temps. Chacun d'eux était pris par son travail et ils n'avaient pas eu le temps de vraiment se retrouver depuis leur déménagement. Si elle était venue avec lui, ils auraient marché sur la jetée, ils auraient respiré l'air marin et regardé les mouettes voler.

La gêne de sa voisine, la veille, l'avait amusé. Il avait bien senti le frémissement qui avait fait tomber une mèche de cheveux sur son œil quand il lui racontait toutes les légendes qu'il connaissait dans le creux de l'oreille. Il avait été tenté de la replacer derrière son oreille mais il n'avait pas osé, de peur qu'elle n'interprète son geste. Il s'avouait cependant que cette écoute bienveillante, cet enthousiasme enfantin pour ses travaux, il aurait bien aimé les trouver chez Elise.

Quand il eut fini son discours, l'assistance applaudit.

Le soir, avant de prendre son train, il alla se promener du côté du port. Sous la lumière jaune des réverbères, il sortit une cigarette et fuma en regardant les petits bateaux de pêche qui attendaient l'aube. Ils semblaient si frêles, si perdus sur cette immensité noire dont le regard ne percevait que les bords. Au loin, le faisceau régulier d'un phare découvrait par intermittence les escarpements de la jetée. Il gonfla ses poumons pour les remplir de la puissante odeur de varech qui planait au-dessus du port. Un jour prochain, c'était décidé, il emmènerait Elise au bord de la mer. Il voulait à nouveau lire dans ses yeux le ravissement des débuts de leur rencontre.

De retour chez elle, après ce mariage éprouvant, Carole monta dans sa chambre. Elle s'étendit sur son lit et alluma la petite télévision qui lui faisait face. Dehors, elle entendit la voiture de Paul Steiner glisser sur le gravier. Le bruit lui semblait proche, comme s'il s'arrêtait non pas devant chez lui mais en bas de sa maison. Était-il possible qu'il vienne sonner chez elle ? Et, dans ce cas, pour quelle raison à cette heure-ci ? Son cœur battit plus fort dans sa poitrine. Elle osa enfin s'avouer à quel point il lui avait manqué, surtout le soir du mariage. Elle n'avait cessé d'espérer qu'il débarquerait dans la salle des fêtes pour l'arracher à cette allégresse vulgaire. Elle ferma les yeux, s'imagina qu'il sonnait. Elle se voyait descendre l'escalier quatre à quatre pour lui ouvrir. Malgré le danger, ils se jetaient dans les bras l'un de l'autre. Jacques, dans la salle de bains, n'entendait rien. Paul Steiner la soulevait. Il lui disait qu'elle était légère comme une plume. Il la portait jusqu'à l'étage et s'arrêtait devant la pièce où il lisait tout haut ce qu'elle avait inscrit sur la porte : *Cabinet de curiosités.*

À l'intérieur, il découvrait les deux petits lits à barreaux consciencieusement bordés et le renflement frais des deux oreillers garnis d'un feston de dentelle.

Elle disait à Paul : « C'est là. »

Et il lui répondait : « Oui, c'est là ».

Carole plongeait avec délice dans une rêverie que la série télévisée encourageait : Paul l'allongeait sur le sol et plaquait son grand corps contre le sien. Ses lèvres la buvaient avec avidité et il disait en riant : « Il y a si longtemps que j'attends ce moment ».

Elle sentait qu'elle allait éclater. Son cœur déchirait sa poitrine. À travers ses paupières mi-closes, elle croyait voir de gigantesques becs de casoars en ombres chinoises sur le mur et des statues de femmes africaines dresser leurs seins pointus vers le plafond. Exit la bonne épouse, la femme de ménage accomplie ! Grâce à son voisin, Paul Steiner, un homme avec qui elle n'aurait jamais soupçonné qu'une rencontre pût avoir lieu, une nouvelle Carole était née : une femme fiévreuse, sensuelle, créatrice. Et quelle pièce était plus appropriée que son *cabinet de curiosités* pour assister à sa naissance ?

Son *clanculus pharaonius* brillait sur sa table de chevet. Les yeux à moitié fermés, elle distinguait sur l'écran de télévision des éclats de vie satinée, de nuits étoilées sous les réverbères, de soirées alcoolisées au bord de la piscine, de voitures de sport aux chromes étincelants.

Comme tous les dimanches soirs, la sixième chaîne diffusait un feuilleton américain. Un homme en chemise rayée téléphonait, les jambes allongées sur son bureau. Derrière lui apparaissaient des buildings de verre éclairés.

– Tu sais que tu peux compter sur moi, Dylan. Je n'oublierai jamais ce que tu as fait, disait-il.

Peu à peu, elle revint à la réalité. Quelle idiote elle était ! Mais qu'est-ce qu'elle croyait ? Il était temps qu'elle redescende sur terre ! La vie n'était pas un feuilleton américain. C'était déjà bien beau de pouvoir regarder une série, confortablement installée sur son lit. C'était déjà bien heureux qu'elle soit en vie, qu'elle n'ait pas été déchiquetée par une voiture. Bien heureux que la voix familière de Jacques lui demande si elle allait bien.

Elle ne se souvenait plus de ce que Dylan avait fait pour que son horrible frère prétende qu'il pouvait compter sur lui mais ça allait lui revenir.

De sa chambre, elle avait vue sur la maison des Steiner. Elle se leva et aperçut les fenêtres du salon éclairées. Elise Steiner, penchée vers ses enfants, plongeait une louche dans une soupière. Elle compta : les cinq enfants étaient autour de la table. Il restait une place vide.

Un bruit sourd de moteur attira son attention : la voiture de Paul Steiner se garait dans l'allée. Carole souleva le voilage de sa fenêtre et colla son visage à la vitre. Paul Steiner sortit ses jambes, puis elle distingua le bas de son duffle-coat. Une fois extrait de la voiture, il resta debout, une main tenant fermement son cartable, l'autre plongeant dans sa poche.

Sans qu'elle fût sûre de comprendre pourquoi, il tourna la tête vers elle et, apercevant qu'elle le regardait, lui adressa un petit salut de la main avant de rejoindre sa femme et ses enfants.

Cauchemar

Quand j'ai déboulé de la cuisine, une femme et deux hommes que je n'avais jamais vus auparavant avaient pris place autour de ma femme. J'essayais de me remémorer les paroles que nous avions échangées juste avant que je n'aille vérifier la cuisson du gigot dans le four mais, tout ce que je revoyais, c'était Hélène, tranquillement installée sur le canapé, en train de feuilleter le programme de télévision et, si je me souvenais bien, il n'avait pas été question entre nous d'une quelconque invitation.

Le bourdonnement du micro-ondes pendant que je m'activais à l'office avait-il couvert le bruit de la sonnette ? L'évidence de convives imminents justifiait-elle le calme d'Hélène ? Avais-je oublié que nous recevions ?

Doutant que, sous peine d'engendrer un oubli fâcheux, les règles du savoir-vivre recommandent de s'y prendre trop précocement pour fixer une entrevue, je m'efforçai de me souvenir de moments où nous aurions fait référence à cette soirée. Bien que ma mémoire me fît souvent défaut concernant les dates et les lieux, je me rappelais en revanche assez bien les moments qui tranchaient avec le calme habituel de notre vie de couple. C'était le cas pour les disputes comme pour les joies : saillies verbales, éclats de voix, fous rires partagés stimulaient en général l'agilité de mes synapses. Or, j'avais beau chercher, je ne me souvenais pas d'une fébrilité particulière attachée à un rendez-vous. Car, s'il avait été pris longtemps à l'avance, c'est qu'il devait être important. S'agissant d'inconnus, Hélène m'aurait forcément justifié la raison de son invitation, à moins qu'elle n'eût voulu me faire une surprise mais, à voir leurs têtes, que tout entrain semblait avoir désertées, je doutais que ce soit pour m'en faire une bonne.

Ils me regardaient tous les quatre, sans prononcer un mot, et je me sentis soudain ridicule avec mon vieux plat en pyrex strié de graisse entre les mains.

La femme portait un chignon raffiné, une robe noire et un collier de perles. Les deux hommes qui l'encadraient, le même costume noir. Ils se dévisagèrent tous les trois, puis interrogèrent ma femme du regard. Hélène piqua du nez et, après un silence gêné, me demanda :

– Tu n'apportes pas l'entrée ?

– Sonné par son affront, je fis valser mon plat dont quelques gouttes de jus dégoulinèrent sur ma main.

Je n'osai lui demander d'explication et m'en retournai à la cuisine. Une entrée… Elle voulait une entrée pour cinq personnes. Mais pourquoi ne m'en avait-elle pas parlé, que diable ? Je jetai un regard circulaire sur la petite pièce carrelée. Il me revint un temps où nous nous plaisions à recevoir nos amis, moi coupant des dés de viande sur une planche de bois tandis qu'elle confectionnait la sauce salade en riant. La cuisine était le lieu par excellence où s'exerçait notre complicité. Nous formions une fine équipe alors !

Quelque chose dans le déroulement de cette soirée me disait que cette époque était définitivement révolue.

J'ouvris le frigo et regardai à l'intérieur, plus spécialement dans le bac à légumes. J'en sortis cinq carottes, deux concombres, une salade romaine et une boîte de tomates cerises. En dix minutes, j'avais lavé la romaine, râpé les carottes, épluché et coupé en rondelles les concombres. Après avoir sorti d'un placard un long plat en porcelaine ancienne, je réussis à obtenir une entrée très « nouvelle cuisine », où l'orange le disputait au vert et où les tomates cerises apportaient leur petite touche rustique. Je mélangeai dans un bol, huile, vinaigre et moutarde puis aspergeai le tout de sel et de poivre. Ces manipulations me prirent un quart d'heure et je notai que pas une fois Hélène n'était venue me voir.

Je fis donc une seconde apparition dans la salle à manger, espérant que, cette fois, j'allais avoir droit à un satisfecit. Mais les convives s'étaient tournés vers Hélène et poursuivaient leur conversation avec elle comme si je n'existais pas. Je posai le plat ostensiblement au milieu de la table puis m'installai sur la seule chaise laissée vacante.

Après m'avoir lancé un regard noir, Hélène présenta le plat aux inconnus. La femme se servit la première en se saisissant avec élégance de la cuillère et de la fourchette que, dans mon souci de bien faire, j'y avais délicatement placées. Puis ce fut au tour des deux hommes dont l'un s'était, me semblait-il, rapproché d'Hélène. Il me tendit le légumier d'un geste dégagé teinté de suffisance mais je le fis immédiatement passer à Hélène, histoire de souligner son manque de galanterie. À ma grande surprise, ma femme refusa mon offre d'un signe de la main en articulant avec un agacement que je ne lui connaissais pas :

– Mais non, sers-toi, tant que c'est près de toi !

Une chape de plomb s'abattit sur mes épaules. Je m'exécutai et me servis donc, mais moins abondamment que je ne l'aurais voulu, car je craignais confusément d'autres reproches.

Depuis mon arrivée, un silence pesant s'était installé. On entendait le craquement de mes mâchoires et j'avais l'impression de couper l'appétit aux autres. Jamais je n'avais ressenti plus grande humiliation.

Je profitai du silence pour élaborer des hypothèses sur les relations qui pouvaient lier Hélène à ses invités.

Si leurs visages m'étaient inconnus, c'était peut-être qu'il s'agissait de collègues mais rien dans leur conversation ou plutôt dans leur absence de conversation ne laissait supposer une connivence. Pas l'ombre d'une allusion à un destin commun. Pas une seule référence à la manie d'un de leurs confrères ou consœurs. J'essayai de me souvenir de propos sur la vie de bureau rapportés antérieurement par Hélène. Travaillant pour le compte d'un laboratoire pharmaceutique, elle m'avait bien parlé d'une secrétaire qui murmurait des obscénités au téléphone à son amant du service contentieux mais, d'après mes souvenirs, il était question d'une grosse femme rousse. Or, à moins qu'elle n'eût suivi un régime draconien et ne se fût teinte en blonde, il ne pouvait s'agir de la Grace Kelly qui me faisait face.

J'osai prendre le risque de me couvrir de honte et demandai à Hélène comment ils s'étaient rencontrés. L'un des hommes ricana :

– C'est un comble de poser cette question de la part de celui qui en est à l'initiative !

Je sentis des bouffées de chaleur monter sur mes joues. Mon univers s'inversait. Impression d'être de l'autre côté du miroir.

– Je vous demande pardon ? Moi, je suis à l'initiative de votre rencontre ? Mais, je ne vous ai jamais vus ! Hélène, dis quelque chose !

Hélène se tourna vers eux, gênée :

– Excusez-le. Sa réaction est tout à fait inhabituelle… Jean, ne me dis pas que tu as oublié.

Peut-être qu'Alzheimer se manifeste comme ça, au début. On vous parle. On vous dit quelque chose et vous ne voyez absolument pas de quoi il est question. Peut-être avais-je toujours connu ces individus ? Peut-être m'étaient-ils proches ? Étaient-ce mes enfants ? Ma belle-fille et mes fils ? Je vis brusquement l'avenir qui m'attendait à plus ou moins long terme : je me retrouverais un jour dans la rue en pyjama pour finir dans une chambre derrière des barreaux ou je passerais mes journées assis dans un couloir à regarder l'horizon. Combien de temps allait-il s'écouler avant qu'un voile opaque ne m'éloigne définitivement du monde ?

Je décidai de m'adresser aux nouveaux arrivants avec la plus grande sincérité :

– Écoutez, cela vous semble peut-être complètement étrange, mais je ne sais pas qui vous êtes, je vous vois pour la première fois et je ne sais pas comment j'ai pu être à l'origine de votre rencontre. Alors, soit vous avez décidé de me jouer un tour et, dans ce cas, je vous demande de cesser ce jeu cruel, soit je ne vois qu'une explication possible : je suis atteint d'une maladie d'Alzheimer qui débute, ce qui, vu mon âge, n'aurait après tout rien d'étonnant et, dans ce cas, je vous supplie de me dire honnêtement la vérité sur vos identités.

Tous les quatre se regardèrent et je vis un sourire poindre sur leurs lèvres.

– Moi, c'est Claire… Lui, c'est Étienne et lui Bertrand… Alors ? Tu ne te souviens toujours de rien ?… Cassis ?… Les calanques ?

– Jean, allez ! Arrête de jouer la comédie, tu veux ? Sois simple ! C'est toi-même qui as voulu que nous nous rencontrions !

Je ne pouvais y croire ! Il y avait seulement quelques dizaines de minutes, mon univers était ordonné, j'y avais ma place, j'évoluais parmi des repères familiers, ma vie s'inscrivait dans son moule habituel et il suffisait que de parfaits inconnus fassent irruption chez moi pour que les fondements de mon existence vacillent.

Si Hélène avait décidé de me pousser au suicide en inventant de toutes pièces une réalité, je ne voyais pas dans quel but. Elle n'aurait pas hérité de grand-chose et puis, nous nous entendions bien. On ne pouvait passer de la tranquillité à ce sentiment d'étrangeté sans admettre que ce soit le fait d'une détérioration intellectuelle irréversible.

Un parfum délétère avait envahi la pièce. Les objets ne me faisaient plus signe. La scène à laquelle j'assistais depuis un quart d'heure me semblait d'une absurdité inquiétante.

Hélène se tenait le buste droit. Son bras dénudé frôlait celui de son voisin. Chaque geste se déroulait au ralenti. J'observais la courbure de sa nuque comme si je devais lui dire « adieu » et je trouvai à ma femme une beauté froide et glacée à l'image des héroïnes d'Hitchcock. Tout à coup, sa ressemblance avec notre invitée me frappa : était-ce sa fille, notre fille, qui me faisait face ?

Je fus glacé d'effroi quand j'entendis celle-ci me dire :

– Dad, tu aurais pu quand même te souvenir de cette date !...

Je m'assurai de la personne à qui s'adressait cette réplique. Pas de doute : c'était bien moi qu'elle appelait Dad.

Je me cognai contre une paroi de verre. Il fallait que cette comédie cesse, que les acteurs quittent leurs rôles. La vie reprendrait comme avant. Hélène poserait sa tête sur mon épaule, elle éclaterait de rire et les trois figurants poufferaient à leur tour : ils m'avoueraient qu'ils étaient des comédiens engagés par ma femme pour me faire tourner en bourrique. Ce cauchemar était un coup monté. Une mauvaise farce comme dans *Surprise surprise*. Hélène me dirait à quel point elle avait ri quand j'avais débarqué dans la salle à manger avec mon air ahuri. C'était un test mis au point par des chercheurs en psychologie sociale pour étudier jusqu'à quel point un individu finit par se plier à la réalité à laquelle on veut lui faire croire. Oui, mon explication était plausible puisqu' Hélène travaillait pour le compte de chercheurs en psychologie.

En tout état de cause, je ne pouvais plus supporter cette mise à distance. Je voulais retrouver ma femme telle que je la connaissais : douce, disponible, aimante. Je désirais éperdument qu'elle m'offre à nouveau son sourire, ses fossettes et les petites perles de ses dents.

– Hélène, je t'en supplie, si c'est un jeu, dis-le-moi maintenant.

Hélène jeta vers la blonde un regard dans lequel je lus du désespoir. La jeune femme se rapprocha de moi, posa sa main sur mon avant-bras et me dit avec une grande douceur :

– Qu'est-ce qui se passe ? Alors... mon visage ne te dit vraiment rien ?

Il y avait un ton de sincère compassion dans sa voix. Elle me regardait et paraissait partager le même désir de comprendre ce qui se passait.

Je me mis à pleurer et me laissai caresser comme un enfant.

La perspective de finir mes jours dans une maison de retraite médicalisée me faisait froid dans le dos.

Dans le désarroi général, je me levai et quittai l'assemblée. Je montai l'escalier qui menait à la salle de bains. Tant qu'il était encore temps, je préférai décider de l'heure de ma mort. J'ouvris l'armoire de toilette et avalai une pluie de comprimés, roses, bleus, jaunes.

Je ne maintins pas longtemps la station debout.

Tandis que la nuit commençait à étendre son voile sur ma vie, j'entendis, entrecoupées de rires feutrés, des voix me parvenir du rez-de-chaussée :

– Ah ! Ah ! Les calanques ! Cassis ! D'où tu tiens ça ? Quelle trouvaille ! Il n'aura pas fallu longtemps pour le rendre fou !...

Puis la trompette de Miles Davis s'éleva en volutes sensuelles, couvrant à peine de petits bruits étouffés que je reconnus comme des cris de jouissance, avant de s'évanouir.

Muette

Narcisse, qu'il est doux de prononcer ton prénom ! Je le garde pour moi. C'est mon secret. Personne ne sait que je le connais. La première fois que je t'ai vu, c'était quand tu t'étais arrêté pour boire, par cette journée écrasante de soleil. Tu avais recueilli de l'eau dans ta main et elle ruisselait en longs filets sur le velours de ta peau. Je ne voyais que ton dos à travers les feuillages et j'ai tendu ma main en avant pour que mes doigts suivent son cheminement méandreux du haut jusqu'au bas de ton échine. Je n'étais qu'à quelques centimètres de toi, tu ne m'as pas sentie ? Plus je m'approchais, plus ma poitrine se soulevait. Je retenais mon souffle tandis que mon bas-ventre brûlait au fer rouge. Je t'aime, Narcisse. Je pourrais passer ma vie à me tenir derrière toi, à te contempler dans la force de ta beauté.

Des jeunes filles ont essayé de te faire croire qu'elles croisaient ta route par hasard, tout cela pour que tu leur parles, que tu les regardes enfin. Mais moi, de mon poste d'observation, j'ai pu voir comment elles s'y prenaient. Elles font semblant de te faire croire qu'elles portent leur tenue de tous les jours mais je vois bien qu'elles ont mis le paquet pour te séduire : robe en mousseline transparente, boutonnière négligemment ouverte laissant voir leurs petits seins pointus et toi, tu passes ton chemin, sans même détourner la tête. Je les regarde après ton passage. On dirait des biches effarouchées. Dans un geste de désespoir, elles usent leur dernière cartouche : la chute inopinée à tes pieds d'un mouchoir ou du voile léger qui entoure leurs cous. Insensible à leur charme, tu n'en es pas moins éduqué, pensent-elles, tu vas ramasser le carré de tissu pour le leur rendre, au moins auront-elles glané un regard et peut-être la chance d'y planter le leur, avec la possibilité de se rendre inoubliables. Les femmes disposent d'un arsenal qu'on leur inculque dès la naissance. Séduire n'est pas une affaire difficile pour peu que l'on dispose d'un sourire, de dents saines et d'un œil qui sache briller.

Mais rien n'y fait : tu ne t'es même pas retourné. Pourtant, comme un nuage blanc, l'étoffe s'est déployée à la surface de la mousse dans un léger bruissement. Tu ne pouvais pas ne pas la voir. Les jeunes filles, échevelées et roses de colère, te regardent t'éloigner. Je vois leurs larmes couler le long de leurs joues.

Les jeunes gens ne sont pas en reste : ta beauté parfaite en laisse plus d'un pantelant. Ils savent qu'ils auront une chance de te toucher en s'aventurant dans les bois et ils espèrent une rencontre, même furtive, rien que pour caresser ton corps musculeux. Peut-être es-tu réceptif au charme masculin ? Mais non : si par hasard, tu croises l'un d'eux sur ton passage, qu'il ait le charme androgyne d'un giton ou le corps désirable d'un éphèbe, tu continues ta route avec indifférence. Quel est ton secret ? Qui poursuis-tu inlassablement dans les bois ? Est-ce une femme que tu ne parviens pas à oublier ? Comment peux-tu rester sourd aux appels que te lance la plus belle partie de la jeunesse ?

Je sais que je n'aurai pas plus de chance qu'eux, alors j'ai choisi de t'espionner. Rester muette ne m'est pas difficile, je le suis depuis ma naissance. Tout au plus, suis-je capable de pousser quelques plaintes, de soupirer ou de gémir. Parfois j'arrive à répéter le dernier mot que j'entends. Mais ce serait le diable que j'y parvienne, car, plongé dans ta solitude, tu ne parles pas. Alors, j'ai choisi d'être invisible. Ma stratégie n'est d'ailleurs peut-être pas stupide car, bien que je me tienne dans l'ombre et à quelque distance de toi, tu t'arrêtes parfois dans ton mouvement et tu tournes la tête, à l'affût d'un bruit, celui du craquement de mes pas sur le feuillage ou du feulement étouffé qui sort de ma gorge. Je serai l'aiguillon qui troublera ta tranquillité. À défaut d'arrêter ton regard, j'introduirai de l'inquiétude dans le dédain qui te sépare du monde. Tu ne pourras pas m'éviter. Je serai partout et nulle part.

Un jour, pressentant qu'une vie palpitait autour de toi, tu as crié : « Qui se tient près de moi ? » Dérogeant à ma règle du silence, j'ai réuni mes forces et j'ai réussi à émettre un long : « Mooa ». Je sais, cela ressemblait plus à un gémissement qu'à du langage articulé et je conçois que tu en aies été effrayé, mon Narcisse. Mais je ne regrette pas d'avoir poussé cette plainte déchirante : je veux qu'elle te transperce les oreilles et remue ton cœur insensible. Je veux que tu saches que dans l'ombre, une femme t'adore.

Ah ! Il fallait te voir, tournant ta tête de tous côtés, effrayé par cette voix qui ne venait de nulle part.

« Viens ! », as-tu crié, joignant tes mains en porte-voix.

J'ai voulu te répondre et, du tréfonds de mon être, j'ai produit ce son rauque : « Vouiiien ! »

Je sais, c'est un son qui ne ressemble à rien, mais, pour sortir quelque chose qui ressemble à « Viens ! », on ne se rend pas compte des efforts que ça me demande : je respire à fond, je creuse mon ventre, je pousse avec mes abdominaux le son qui doit jaillir, je vais le chercher dans le fond de mon utérus, il remonte de mes tripes à ma gorge, et après, c'est la surprise, il peut arriver que le produit final ne corresponde en rien à l'intention de départ. En tout cas, cette fois, je trouve que je ne me suis pas trop mal débrouillée : je vous accorde que ce son sorti de mes entrailles tient plus du grognement que du langage articulé, qu'il fait penser, selon vos références, à un disque en seize tours ou à un barrissement d'éléphant ou encore au brame d'un cerf, mais, quand même, je trouve qu'avec une oreille attentive, on arrive à reconnaître le verbe venir ! Celui qui ne reconnaîtrait pas son impératif serait un imbécile.

Mais toi, tu ne l'es pas, imbécile, mon Narcisse, oh non ! Tu as reconnu mon appel, ce qui augmente ton inquiétude. Voilà que tu la joues téméraire maintenant, mais je vois bien que tu es terrorisé, mon amour. Alors, tu rassembles ton courage et, bravant cet ennemi invisible qui se joue de toi, tu bombes la poitrine et t'écries : « Montre-toi, espèce de lâche ! Pourquoi me fuis-tu ? »

Cette fois, ça va être une autre paire de manches, mais j'y arriverai : « Meuufouiiiituu ! » Ah ! C'était dur ! Au-delà de trois syllabes, je doute qu'on me comprenne, mais toi, tu es loin d'être idiot !

Pauvre chéri, tu te demandes sûrement si c'est d'un être humain ou d'un animal qu'émane ce cri. Je te regarde réfléchir et c'est comme si je t'entendais : un animal, c'est impossible, un homme normalement constitué non plus, alors, qu'est-ce qui se cache derrière toi ? Un trisomique ? Un monstre ? Un mort-vivant ?

J'ai remarqué que ta poitrine se soulevait de plus en plus rapidement mais je ne voulais pas te faire peur! Dans un élan de bravoure que j'admire, tu nous lances une proposition : « Viens donc ! Montre-toi ! Réunissons-nous ! » Comme ton offre me plaît ! Je ne pouvais rêver injonction qui me comble à ce point. Inutile de te dire qu'elle m'agrée totalement ! Oui, mon chéri, je vais te la proférer en face, laisse-moi juste un petit moment. C'est que là, j'ai quatre syllabes à sortir ! Le moins qu'on puisse dire, c'est que tu ne me ménages guère, mon chéri ! Allez ! Je me concentre. Le jeu en vaut la chandelle : « Uuuuuniiissssonsnooous ! » Ouais ! J'y suis arrivée ! Tu ne trouves pas que j'ai fait des progrès ? Bientôt, je parlerai comme vous autres et nous aurons de vrais dialogues ! As-tu jamais entendu plus belle déclaration ?

Je te vois désemparé. Je veux mettre fin à ton supplice, mon chéri. Allez, il est temps que je sorte de ma cachette.

Écartant les branchages, je m'avance enfin, souriante, rouge, haletante. Je franchis les quelques mètres qui me séparent de toi et t'apparais au grand jour. Tu peux enfin mettre un visage sur la présence invisible qui t'épiait dans l'obscurité. Je frémis, je palpite à te savoir si proche. Dans une fièvre trop longtemps contenue, je te touche, je te palpe, je te tâte, j'enlace ton cou de mes bras blancs.

« Narcisse, regarde-moi, vois comme je t'aime. Personne ne t'aime comme moi ! », voudrais-je te hurler mais je n'arrive à produire que des borborygmes effrayants qui ressemblent à des cris de bête blessée.

Tu te débats, tu détaches mes bras de ton torse et nous nous jetons dans un corps-à-corps violent qui se termine par ma chute. Car tu m'as repoussée et je suis tombée à terre, souillée de boue. J'ai atterri les quatre fers en l'air, t'offrant un spectacle ridicule, d'autant que mes pleurs mêlés de cris ressemblent à des braillements. Tu ne dois pas bien savoir si je suis une femme ou une bête. Je te dégoûte et, horrifié, tu t'enfuis en criant : « Ne me touche plus ! Retire tes mains de moi ! Même si tu devais me donner la mort, je ne m'abandonnerais pas à toi ! »

Le chagrin ronge mon corps qui se dissout. La sève quitte mes membres. Je rampe jusqu'à l'antre dans lequel je me cachais pour te contempler et je disparais sous le feuillage.

Depuis ce jour maudit, qui se hasarde dans les bois entend à cet endroit des plaintes étranges. Pour peu qu'on veuille bien tendre l'oreille, on pourra peut-être décrypter mon vœu funeste : « Tout ce que je te souhaite, c'est d'aimer quelqu'un que tu ne posséderas jamais ! »

Je me suis entraînée à la dire, cette phrase et maintenant, j'y arrive presque : « Touskechte souèt aim kekun keu tu peu pâ poossédé !... » Chaque jour, je la prononce, comme une litanie. On dirait des râles venus des profondeurs de la Terre.

Une voix, un son, voilà ce que je suis devenue.

Deux mois que je vis cloîtrée dans cette grotte. Un matin, un rayon du soleil, le pépiement des oiseaux m'ont donné envie de sortir. J'ai marché sur le chemin dans la direction où tu étais parti mais je n'étais plus animée par l'espoir de te voir. Ton corps ne me hantait plus. J'avais, gravé en moi, le souvenir de mon humiliation. Le spectacle que j'ai aperçu était édifiant : dans une clairière, sur un tapis de mousse, étendu de tout ton long, tu te regardais dans l'eau d'une rivière. Tu semblais fasciné par ton image. On aurait dit que tu voulais la saisir. C'était donc ça ? Tu étais schizophrène ? Je te voyais sourire à son reflet, à présent, et tendre les bras comme pour l'attraper. Voilà que tu te parlais à toi-même ! :

– Comme vous êtes beau ! disais-tu à ton image. De ma vie, je n'ai rencontré quelqu'un d'aussi beau que vous.

Il fallait voir comme tu minaudais ! Tu bombais tes muscles pour te montrer sous ton meilleur angle, un vrai champion de musculation ! Ridicule !

– Mais, pourquoi me fuyez-vous ? Parlez-moi donc puisque vous avez l'air aussi épris de moi que je le suis de vous !... Quel nez parfait ! Quels cheveux soyeux ! Quelle bouche langoureuse !... Qui êtes-vous ? Je vous sens brûler pour moi comme je me consume de désir pour vous, alors, mêlons nos corps sur le velours épais de la rive...

Tu soupirais, tu gémissais, c'était pitié de te voir ! Et quelle rhétorique démodée ! J'aimais encore mieux quand tu te taisais !

– Abandonnons-nous à la jouissance, puisque tel semble être aussi votre vœu...

Ton visage se décolorait à vue d'œil, on aurait dit que tu te vidais de ton sang. Je n'avais jamais vu quelqu'un souffrir comme ça, à part moi, le jour où tu m'avais repoussée avec dégoût. Tu te tordais de douleur et tu te frappais la poitrine sans aucune retenue.

Et votre dialogue ridicule a continué :

– Mais, que cherchez-vous à me dire ? Je vous souris, vous me souriez, je verse une larme et vous pleurez, je vous parle et vous me parlez aussi mais je n'entends pas le son de vos paroles. Êtes-vous muet ? Cela n'a aucune importance. Nous n'avons pas besoin de mots pour nous évanouir de plaisir.

Perfide, une muette t'indiffère mais un muet t'arrache des larmes ?

Tu n'as pas compris, idiot, que celui pour qui tu brûles, cet athlète que tu trouves si beau, c'est toi-même ? Mais comment ai-je pu tomber amoureuse de quelqu'un d'aussi bête ? Finalement, je ne suis pas mécontente de t'avoir revu. Je crois que je suis définitivement guérie. Continue à te contempler ! Regarde-toi sous toutes les coutures ! Languis-toi d'amour devant cet Apollon insaisissable ! Et le jour où tu auras réussi à l'atteindre, ce demi-dieu fuyant qui t'échappe, préviens-moi !

La persistance de la phrase

Une odeur d'herbe coupée pénétra dans l'habitacle. Lucie avait envie de dévorer les vallons qui offraient leur bombement velouté au soleil de cinq heures.

– *Écoutez cette pluie de notes irisées. Ondine est une apparition fuyante, un fantasme disparu aussitôt qu'entrevu. Les mille facettes de son fantôme diaphane, les éclats mauves, roses, pastel, argent dont elle est parée, ce scintillement polychrome et fugace exige, certes, un jeu virtuose et brillant, mais ce serait une erreur de ne goûter ce morceau que pour sa performance pianistique. Si nous enlevons ce miroitement factice, nous entendons des notes étranges, écoutez-les : do, fa dièse, mi, si bémol, ré... D'où viennent ces sons surgis du néant ? Quelle idée préside à leur choix ? N'est-ce pas à une méditation silencieuse que nous convie Ravel ?*

Elle avait bien fait de se caler sur France Musique. La voix chaude de l'interprète commentant les nuances infimes de son jeu accompagnait à merveille son sentiment de liberté.

– *Un effleurement léger du clavier traduira d'autant mieux cette rêverie profonde : do, fa dièse, mi, si bémol, ré. Réécoutons maintenant Ondine depuis le début et soyons sensibles à la mélodie jouée par les instruments graves : trombones, cors, violoncelles.*

Elle suivait la route rectiligne, se laissant guider par la bande pointillée blanche qui menait à la basilique. Vézelay se dressait au-dessus des champs mauves. Elle songeait à l'ancien cloître et à la chambre d'hôte spartiate qui les attendait. Dans un quart d'heure, elle serrerait enfin celui qu'elle avait tant désiré dans ses bras.

– *Entendez-vous ces notes, que j'ai précédemment isolées pour vous, s'opposer aux trilles joyeuses interprétées par les instruments clairs : hautbois, clarinettes, flûtes ? Écoutez cette phrase musicale persistante. Quand le morceau commence, noyée sous un flot d'arpèges déliés, elle est à peine perceptible. Mais, peu à peu, elle se dessine et forme une marche lente, inexorable.*

Vincent était le meilleur ami de son mari. Quatre ans qu'ils se voyaient, partageaient les mêmes dimanches, se frôlaient en débarrassant la table, sentaient leurs cœurs battre précipitamment à l'approche l'un de l'autre. Quatre ans qu'ils éprouvaient le même goût de tristesse quand Vincent devait remonter dans sa voiture pour rejoindre Paris. Quatre ans sans qu'une parole les ait trahis. Et puis, cette soirée, il y avait eu cette brûlure, soudaine, inattendue : la main de Vincent s'était posée sur son bras.

– *Les reflets moirés de l'eau nous attirent. Nous croyons apercevoir Ondine jouer à cache-cache derrière la feuillée mais, sous son apparence trompeuse, elle se joue de nous, mouvante et impalpable.*

Lucie tourna la tête : des ronds de lumière dansaient sur les feuilles des arbres qui bordaient la route. On voyait scintiller un étang en contrebas. Elle sourit en pensant à Ondine.

Elle n'eut pas le temps de voir le tracteur qui barrait la route juste après le virage.

Les pompiers eurent du mal à la désincarcérer. Son torse, broyé par la tôle, ne lui laissait guère d'espoir de survie mais ils avaient déjà connu des surprises. Le bras de la conductrice pendait, à moitié déchiqueté, tandis que la radio déroulait son ruban sonore :

Au final, après avoir écouté ce morceau, ce n'est pas tant la brillance de l'œuvre qui se grave dans notre âme que cette phrase persistante, grave et lente, qui semble clouer les élans de la vie, et dont, pourtant, Ravel nous avait avertis.

TABLE DES MATIÈRES

Cet ouvrage a été édité par Les Éditions Velours
95, rue La Boétie – 75008 Paris

Tél. : 01 45 61 08 02
www.editionsvelours.com
contacts@editionsvelours.com

Imprimé en France

Dépôt légal 1er trimestre 2011.

ISBN 978-2-35167-303-4